En ce 15 Février 1989
l'expression de [u]
chaleureuse au
et le souhait que [...]
si merveilleux apporte [...]
soleils dans les instants
[...] que tu traverses –

Michèle GUINAULT-KLEIN.

DOMAINE PERSAN

Collection dirigée par
Gilbert Lazard

EGO-MONSTRE I

LE VOYAGEUR DE MINUIT

*Ouvrage publié avec le concours
du Centre National des Lettres*

Sayd Bahodine Majrouh

EGO MONSTRE I

Le Voyageur
de
Minuit

Texte français par Serge Sautreau

Phébus

*Il a été tiré de ce livre
vingt-cinq exemplaires sur vergé d'Arches ivoire
numérotés de 1 à 25,
ce tirage constituant l'édition originale
du présent ouvrage*

SAYD BAHODINE MAJROUH :
LA LÉGENDE VRAIE

11 février 1988, Pakistan. Le crépuscule avance sur Peshawar. On frappe à la porte. Le poète se lève. Rafale de mitraillette. Deux inconnus se sauvent dans une jeep blanche.

Sayd Bahodine Majrouh est mort en ouvrant. *Le lendemain il aurait eu soixante ans. Depuis longtemps, il savait.*

La menace était à son seuil. Et la mort, celle qu'il nommait la nécessaire, *toujours au rendez-vous :*

« Elle change la vie en destin. Elle éclaire d'une vive lumière de cohérence l'ensemble du passé. L'homme meurt à chaque instant, ô chercheur, mais son ombre le suit et invente son avenir. Tout ce qui a commencement un jour doit trouver fin. Dès l'origine, l'être conscient se prépare à mourir, et cette action donne son sens ultime à la vie. Sans une telle fin; une fin à finir conscience, que seraient donc destin et liberté ? » (Ego-Monstre, *III*, 15, « Oasis du défi »).

« Une fin à finir conscience... » Bahodine Majrouh *ouvrait. En séries d'ondes concentriques allant elles-mêmes chercher plus loin leurs cycles et leurs centres. Il écoutait le vent. Sous le sifflement des steppes légen-*

daires il percevait les flûtes des bergers, les ney des derviches, et aussi le martèlement borgne, les rythmes et bruits de bottes, l'Histoire. Son Orient tout entier pris dans l'étau d'une sempiternelle contradiction haletait sous le joug. Les machines casquées du Moi sous ses yeux ravageaient les êtres, intuitions et ardeurs fauchées ras, chaque pas du Dragon confisquant le sol.

Le poète en Majrouh se tenait en zone impossible, là où se croisent l'immobile et le mouvant, l'eau et le feu, entre ciel et glaive. Lui-même n'entrecroisait-il pas folie et lucidité, amour et connaissance? Ne poursuivait-il pas un rêve initiatique où l'accueil ferait tout le jeu, où la liberté serait flèche et cible?

Il est mort d'avoir parlé clair, dans la langue de l'indépendance, en donnant sa voix au sans-nom. Originaire du Kounar, au sud-est de l'Afghanistan, il s'en alla, dans les années 1950-1951, à la rencontre de Montaigne, de Diderot. Il revint de France huit ans plus tard nanti d'un diplôme de Docteur en philosophie de l'Université de Montpellier. Exerçant ensuite les fonctions de Doyen de la Faculté des Lettres de Kaboul, il fut durant une brève année (1963-1964) Gouverneur de la province de Kapiça – le pouvoir, fût-il symbolique, ne l'enchantait guère. Conseiller culturel de l'Afghanistan en Allemagne Fédérale, il séjourna à Munich entre 1964 et 1968 et continua de fréquenter Paris, où il se rendit une ou deux fois l'an jusqu'à ses derniers jours. Son exil à Peshawar, depuis 1980, lui pesait en même temps qu'il l'exaltait : il y organisa le Centre Afghan d'Information, dont les publications régulières apportent des nouvelles de la résistance intérieure de l'Afghanistan, de ceux qui se battent sur le terrain contre l'armée d'occupation soviétique. Par cette activité de témoignage (un ancien accident à la jambe lui interdisant de participer physiquement à la guérilla), Bahodine Majrouh, figure connue et respectée de l'Afghanistan en exil, était devenu, en direction de l'opinion mondiale, le porte-voix de la lutte contre l'occupant. Ainsi l'héritier du siècle des Lumières et de celui de Sartre, le descendant moderne des Saâdî, Attâr, Khayyâm, entendait-il assumer une mission d'éclaireur critique, se refusant absolument à céder aux pressions des bigots fanatiques. L'Afghanistan et la liberté lui tenaient trop à cœur : toutes les barbaries lui semblaient indignes, et le tchâdri *forcé autant que les bombes russes.*

En dépit de sa stature sociale, Sayd Bahodine Majrouh ne s'apparentait en rien à un intellectuel d'ancien régime. Plus prompt à écouter les récits et les chants d'un nomade, d'un berger, d'une paysanne, d'un malang, *d'un errant fol en Dieu, que les péroraisons d'un ministre ou d'un théologien, il appliquait une érudition sans œillères au questionnement lucide de sa propre tradition.*

Le livre qu'il a consacré à la poésie populaire des femmes pashtounes [1] donne la mesure de son indépendance d'esprit, de son audace. Démonter, comme il l'a fait, les rouages puérils du code de l'honneur masculin, c'est bel et bien jeter un défi à l'arrogance hypocrite, à l'oppression enfouie, à la bêtise coutumière oublieuse de sa source. C'est aussi célébrer, dans un monde qui s'en défie, les droits de la passion amoureuse, du scandale et du plaisir.

En fait, la singulière allure de Bahodine Majrouh,

---

1. *Le Suicide et le chant : poésie populaire des femmes pashtounes,* traduit et adapté par André Velter et l'Auteur (Les Cahiers des Brisants, 1988).

sa culture, son abnégation, sa fougue fraternelle devaient bientôt le désigner comme la conscience morale de la Résistance, alors qu'il en était tout autant, et explicitement, la mauvaise conscience. « Ils sont venus, amis, et tous se voulaient chefs... » Sans doute voyait-il trop loin, trop profond. Son insolence jaillissait, méditée, évidente : d'un même souffle, il avait à penser, agir, ouvrir les portes de la nuit.

Afghan et poète, c'est-à-dire conteur inspiré, Bahodine Majrouh était donc aussi l'oriental et hétérodoxe porteur du sens critique et historique de l'Occident. Sa profonde fidélité lui a permis d'intégrer cette lame de la raison *au bruissement des sources, du ciel originels : avec l'appel tenace du pays de toujours, avec son tellurisme, ses abysses d'angoisse, ses rires d'amants lapidés – avec Ansârî, avec Sanâ'î, avec Rûmî. Le poète assassiné nous laisse, outre de nombreux inédits, ce conte poétique,* Ego-Monstre, *sorte de pyramide lyrique où sont transfigurés ensemble l'image d'un pays et le miroir d'une quête. C'est une épopée en forme de* légende vraie, *agencée en cycles et cercles, histoires de l'histoire et paraboles prophétiques. Le héros – un certain Voyageur de Minuit – marche infatigablement de déserts en montagnes, de cité en cité, pour conjurer la catastrophe, exhorter à la vigilance face au Monstre, face à la Tyrannie. Toujours en vain semble-t-il, puisque l'imminent-immanent Dragon est là, déjà là, en Conquérant Absolu...*

La prémonition, en poésie, fait partie des charismes élémentaires du « voyant ». Majrouh a composé une large part de son œuvre sous le règne de Daoud, à travers lequel il discernait clairement la montée en puissance du Monstre, et l'a poursuivie et amplifiée par la suite, en exil, jusqu'au fatal 11 février 1988. A travers l'in-

tensification amère du destin de son pays, sa visée s'est avérée imperturbablement précise. Son *Voyageur de Minuit* est un migrant de la conscience. A la rencontre de l'Histoire, il sait fort bien qu'il devra jouer de la flûte sur sa propre colonne vertébrale. Il lui échoit, perspective exacte, d'être « *un pont qui relie la demeure de ceux qui n'y sont plus à ceux qui n'y sont pas encore* ». Tout ce que bâtit le Voyageur, et jusqu'à cette figure de pont, de passeur, esquisse le profil du poète. Bahodine Majrouh est déjà ce pont entre deux ères d'un pays ravagé. Quelles contrées réunira-t-il dans la transparence de sa fable? Qu'allumera la saveur de ce râga?

N'allons pas croire ici au message politique – et pourtant c'en est un. N'allons pas chercher en ce livre quelque vision assignant sens et perspective à l'Histoire – et c'en est une aussi. Le sol de l'inexorable errance du Voyageur de Minuit, ce qui soulève sa méditation et dépasse sa révolte, ce terrain est celui de l'amour. Liberté, connaissance sont à ce prix : en finir avec les miroirs du Monstre. Ego, le Chef Illimité, exercera ses inéluctables ravages, ses massacres, sa guerre contre nature. Non moins nécessairement resurgira la Déesse du Printemps, et la Reine de la Nuit emportera l'horreur. Entre ces pôles, le Voyageur devra magnétiser les vigilances. La Cité de l'Ame, perpétuellement érigée dans la joie, puis subornée, tyrannisée, rasée, il faudra bien, un jour, qu'y fassent retour ses architectes, ses amants, ses enfants, ses fous lucides de la liberté. Voilà pourquoi veille le Voyageur, pourquoi il court, pourquoi il délire tout haut : pour l'édification intérieure d'un sol natal jamais nommé, sans fin rêvé, toujours soumis à dictature.

« L'enfer, dit-il, c'est le Moi. » Celui qui fait les murs, les forteresses, les prisons. Celui qui détrône tout à son

*profit, hommes, dieux, rois, soleils. Celui qui torture et
tue. Qui enlaidit. Qui défigure. L'insatiable Conquérant.*

> Tu as dit avoir nom : Moi.
> Tu as dit Moi, maître du monde,
>   et nous t'avons cru.
> Moi, centre de l'univers,
>   et nous t'avons cru.
> Moi, essence divine.
> Et nous nous sommes prosternés.

*La grâce du Voyageur tient dans cette énigme : une
lenteur répétitive qui soudain fuse en éclair, une méta-
physique libertaire hantée par l'impossible.*

> Alors, il sut.
> Jamais, du fond des horizons,
> ne surgirait l'errant prophétique,
>   le voyageur
> dont l'index pointerait à l'infini
> le but, incandescent,
> la voie, transparente,
> la lumière, inaccessible.
> Il sut alors le chemin unique,
> ce qu'il avait à faire,
> ce qui restait :
> aller droit dans l'antre même
> des ténèbres.

*Ici, en Occident, on pourra juger naïve, convenue,
cette vision d'abîmes à sonder, de périls et d'épreuves
à toucher le fond. Ne sommes-nous pas revenus de tout?
Sommes-nous vraiment allés quelque part? La « naï-*

veté », chez Majrouh, tient à dévoiler les masques du pouvoir : soif du pouvoir et pouvoir absolu, avec leurs ruses, manœuvres et stratagèmes, tous ontologiquement monstrueux, c'est-à-dire signes de la présence latente ou manifeste du Monstre. Partout rôde le Dragon, et ils veulent des ordres et des chefs. « Ah, fils! Obéir est facile, commander est dangereux.» Dans cette mise à nu, voilà de surcroît, au nom de la poésie, de l'amour et de la liberté, qu'une charge antireligieuse permanente désigne les alliés du Monstre : tous les violents, les hypocrites, et notamment les prêtres, qui distillent trop souvent soumission aveugle et goût de la mort. Banal, pour tout esprit blasé que n'atteignent plus les pouvoirs de la parole. Mais autrement risqué, face aux chars russes et aux ayatollahs, que l'appréciation tout esthétique d'un engagement qui, lui, fut à la vie et à la mort. Majrouh, et là est sa plus secrète gloire, a combattu dans un regard d'enfant. Jamais, au fil des pages, le scénario de l'initiation ne boucle complètement son cercle : quelque chose reste ouvert, ardent, impossiblement là, qui ne se laisse pas dire. Le Voyageur devra reprendre sa route, et l'angoisse sera son bâton, même si le sourire absolu de Leïla illumine à jamais l'horizon du libre Madjnoûn.

Et la très-faible, l'incertaine, la vacillante
    lumière au fond de la Caverne
n'a pas encore fait déferler son feu
    sur les plaines
et les rives du grand fleuve au-delà du temps
    ne seront pas encore connues
que je vous dis, moi :
le sens de l'être
est Leïla!

Ce Voyageur de Minuit, *Livre Premier du vaste ensemble intitulé* Ego-Monstre, *comprend les trois premiers « Cycles » de l'œuvre, qui en compte cinq — la mort ayant frappé le poète alors qu'il terminait l'épilogue du cinquième.*

Il est à noter que le texte original, en persan-dârî, du Cycle III a été perdu par l'auteur à l'occasion de son passage clandestin au Pakistan, en 1980. Par bonheur, il nous en avait adressé peu avant une très large part, traduite en français au mot à mot, comme il avait coutume de le faire depuis notre rencontre de l'hiver 1977-1978 en Afghanistan. Ce Cycle III, qui constitue presque la moitié de ce livre, œuvre afghane écrite en dârî, n'a plus désormais que le français pour œil et pour écoute.

La division en deux « Livres » correspond à la césure interne d'une œuvre commencée vers 1970, où le Voyageur prophétisait aux insouciants l'arrivée prochaine du Grand Conquérant, et marquée dramatiquement par l'invasion soviétique et le départ, en 1980, pour l'exil. Dès lors le Monstre est là, terriblement présent, et l'Histoire a rejoint le poème.

C'est juste après que s'ouvrira le Livre II, avec l'expérience de l'exil et l'exhortation finale d'un homme qui a donné son sang dans sa parole pour qu'un secret, celui de la liberté, soit révélé une fois — une fois encore, une fois au moins — à ces Pashtous, à ces Tâdjiks, à ces Nouristânî, à ces Turkmènes, à ces Hâsâras, à tous ces Afghans sans nom, et, à travers eux, à tous ceux qui ne désespèrent pas de la révolte et de l'abnégation : poésie, lucidité, beauté, voici les caps du Voyageur qu'emporte l'amour fou, voilà les tulipes noires du prin-

temps au désert, la fable infinie des « patries transparentes ».

Reste à dire un mot des choix qui ont présidé à la présente traduction. De son vivant, Bahodine Majrouh avait apprécié nos premières tentatives de traduction-adaptation à partir de son mot à mot. La publication de quelques extraits dans Les Temps Modernes, *en juillet 1980, l'avait convaincu de redoubler d'ardeur dans la mise en français immédiat de ses manuscrits, qu'il nous envoyait pour passage « à la raffinerie », comme il l'écrivait. C'est donc sous le haussement de sourcils amusé qu'il jetait sur sa propre lecture ainsi revisitée que s'est entreprise l'adaptation systématique de l'ensemble d'*Ego-Monstre. *Sans cette* franchise *accordée par lui,* ˟ *sans la liberté à laquelle il encourageait constamment (avec des « à développer », « préciser », « versets? prose rythmée? » en marge), jamais il n'aurait semblé possible de tenter l'aventure.*

Nous disons bien adaptation, *considérant que la traduction revient pour l'essentiel à notre ami lui-même. La difficulté à laquelle se heurtait son mot à mot était évidemment d'ordre rythmique et musical. Une autre gageure tenait aussi à ce que jamais il n'eut suffisamment de recul pour dominer totalement son œuvre* achevée : *nous ne saurons d'ailleurs pas, au terme du cinquième Cycle, s'il envisageait ou non d'en ouvrir un sixième. Il aura donc fallu çà et là concentrer certains passages dont la répétition n'avait rien de volontaire, et redresser quelques trajectoires d'échos et de rappels. Ces interventions, pour minimes qu'elles soient, suffisent à nous éloigner parfois du mot à mot originel, mais jamais du sens. Nous espérons, finalement, avoir pu restituer quelque chose de son phrasé litanique à ce long cri de protestation, de détresse et de fraîcheur.*

Même si parfois le Voyageur pousse très loin le doute :

> La vie, le monde ne font pas sens
> Ni ne saurait faire sens la recherche
> d'un sens...

il se découvre néanmoins « un infatigable créateur de sens », un lyrique de toutes les saisons du sens, fussent-elles d'abomination et de massacre. Il aime, ce Majrouh, comme un Madjnoûn, que le ciel entre scintillant dans la plénitude d'un ciel plus vaste, d'un cœur où la diaspora des espaces fait tournoyer ses migrations pour la plus grande ferveur d'un regard d'enfant.

Ce regard va ouvrir. Pour l'Afghanistan, la liberté, l'amour. Ouvrir encore les portes de Minuit. Franchir la mort. Entrer dans l'Inconnu. Irréductible résistance, comme un pont entre voies et voix. Jusqu'à l'aube au-delà de l'aube, sous la nuit noire il creuse l'aube.

SERGE SAUTREAU
décembre 1988

CYCLE I

LA MORT DU MONSTRE

PROLOGUE

Il était une fois, dans le monde du Couchant, une vaste cité, prospère et lumineuse, où étincelait l'esprit. En cette ville-lumière vivait un homme, un sage entre les sages, dont l'étrange métier était de penser. L'existence à ses yeux ne se réduisait pas à de vains bavardages. Il chercha le secret des choses et des êtres, explora la poussière des grimoires, étudia les pages des modernes, et écrivit autant de lignes qu'il en déchiffra. Un jour enfin, il déclara :
— L'enfer, c'est les autres.
Mais je ne crois pas, moi, que le penseur ait ainsi exprimé la vérité... entière.

Toute une longue vie d'errance à travers océans
et plaines, vallées et hautes cimes,
j'ai parcouru, traversé et vu germer
quelques vérités.
Avec la première un chemin va
jusqu'aux rivages perdus de l'existence :
Il passe inévitablement
par l'enfer.

Dans la seconde, l'enfer c'est le Moi.
Sous la troisième, l'autre paraît me sauver,
me sortir de mon enfer :
il est le proche, il est celui pourtant
dont l'amour m'aide à m'y amarrer davantage
et dont la haine me soutient,
attise les flammes perpétuelles –
ah, l'autre est mirage et semble
marquer la fin de l'étendue désertique,
la fin de toute soif et l'aube
de toute joie!
Mais oublions un instant les mirages
– à l'horizon des voyageurs du désert ils ont
assez de forces pour être là d'eux-mêmes –
et allons droit
en enfer.

Si on y allait droit peut-être
y trouverait-on la droite issue pour en sortir.
Mais les vivants n'y vont pas droit.
Ils n'aiment guère aller ainsi et cherchent
à l'éviter, et cherchent
les voies qui se détournent,
les chemins tortueux.
Ils créent et ils se créent
leur propre labyrinthe.
Ils tournent et se perdent.
Ils deviennent leur choix.
Ils résident en permanence chez eux :
aux mégapoles de l'enfer.

A la recherche
des rivages perdus

Un soir de soleil descendant lentement
sous l'horizon, je partis.
Je quittai la Cité, allant à la rencontre
de la plaine.
Hors des murs un instant m'arrêtai :
derrière moi, la Ville, dont les portes
se fermeraient pour la nuit.
Devant : le vaste, où les portes de la nuit
s'ouvriraient jusqu'à l'aube.

Orienté sur les lointains, je commençai.
Marche incertaine, marche inconnue,
malgré la plaine obscure en moi une lumière
semblait luire, clarté trompeuse et rassurante
des mémoires.
A la lueur de quoi j'entendais et voyais,
dedans,
l'univers familier de sons et de couleurs.
J'entendais, porté par la brise, le chant
plaintif du ney, et au-delà de la flûte,
au-delà du berger,
les tintements des grelots, les cris lointains
des chiens –
traversée lente de l'étendue,
les troupeaux descendaient les collines
dans la laine et le lait
et les nuages de poussière bleuâtres éblouis
par-delà !

J'entendais
le grondement dans la vallée
de la rivière bondissante,
les enfants inouïs parmi les sables du rivage,
les gerbes irisées, les cris, les rires
et le flux,
jusqu'aux grandes ondulantes, cruches dansées
sur la tête, allant à la fontaine
et dans la grâce et la fraîcheur des ombres
odorantes, ô bosquets touffus du chanvre,
elles, chuchotant de l'amour à des amants
cachés.

... Et je marchais ainsi, comme enroulé en moi,
pris au piège de la lueur des mémoires
parmi les portes de la nuit.

A l'aube
toute maison avait fui.
Nul tumulte, nul trouble, ni la Cité ni même
son écho du plus loin dans l'âme.
J'étais noyé, ô silence !

Le chemin dans la nuit semblait luire
et maintenant le jour offrait
la Bouche béante et muette et noire
d'une caverne.

Ainsi s'ouvrirent les portes de la nuit.

Clarté, jour inconnu qui se révèle.
Un monde étrange : en deçà de moi, la plaine
brûlante, épines et ronces franchies

pendant la nuit.
Non loin, le lit d'un torrent, à sec
depuis les origines, serpent fossile
à travers les rocailles.
Des chaînes de montagnes noires, figées,
aux rangs serrés, chevauchaient l'horizon.
Et, tout près,
l'entrée sombre, l'inquiétude
de la Caverne.

Silence, monde pétrifié, suspens –
et plaine, rocs, montagnes, Bouche Noire, tout
semble retenir son souffle comme dans l'attente
d'on ne saurait quoi d'imminent, d'inhumain,
d'irrémédiable.

Silence – profond silence.
Et calme – intense calme.
Juste avant
le cataclysme.

Murailles de la peur

Contemplant l'étrange spectacle, je vis soudain
la vie des habitants des villes
et leur secret enfoui –
pourquoi bâtissent-ils des cités?
Pourquoi les ceignent-ils
de puissantes murailles?
Pourquoi s'y emmaisonnent-ils,
dans la haine les uns des autres?
Afin, croient-ils, de s'y sentir protégés,

cuirassés, heureux?
En vérité, ne désirent-ils pas fuir?
Fuir cette plaine brûlante,
ces montagnes noires, oublier :
oublier la Caverne?

Les citadins n'ont peur
que de l'éloignement, peur
de s'éloigner des murs, peur
de rentrer trop tard et de trouver fermées
les portes de la ville.
Ainsi ne restent-ils jamais longtemps dehors.
Ainsi ne vont-ils pas trop loin.

Et cependant, de temps à autre,
quand l'épuisement les gagne,
quand les terrasse la haine commune,
ils se réunissent, la nuit, et se racontent
de fantastiques histoires sous la lampe.

Loin, disent-ils,
loin de la ville,
au-delà des étendues,
là où finit le monde des vivants,
où le jour expire à jamais dans les bras souples
de la nuit,
parmi les rocailles d'une vallée profonde,
respire la Caverne.
– Elle plonge
sous les entrailles de la terre,
elle descend
jusqu'au seuil même
de l'Enfer.

Chaque soir à minuit, disent-ils,
des esprits infernaux remontent de l'abîme
et viennent gémir par la bouche de la Caverne
et se répandre sur la plaine,
s'arrachant plaintes à chaque buisson d'épines,
à chaque taillis de ronces, à chaque pierre
du chemin,
hurlant de la terreur dans les gorges étroites,
s'emparant des montagnes pour en faire
des géants en marche,
et le lit du torrent à sec devenu
dragon de feu
s'élance à travers l'espace
et vient rôder parfois
tout près,
tout près des portes de la ville...

Et ils rient aux éclats en frissonnant
sous cape.
Ils se donnent de la secousse d'espoir,
vague viatique, à défaut de l'intrépidité
qui si fort leur manque.
Ils ont peur, les habitants de la ville,
et ils conjurent la peur, ils l'exorcisent
par le rire, mais les enfants
entendant ces récits, les enfants
ne rient pas : ils écoutent
avec toute l'attention
de leurs grands yeux graves,
Non parce qu'ils ont peur,
mais parce qu'ils saisissent

le langage des habitants de la nuit
et qu'ils déchiffrent le message.

Pourtant, ces mêmes enfants, adultes
à leur tour,
désapprendront
la langue de la nuit, et riront
aux légendes,
et se plieront
aux usages de la peur.

L'ombre de la grande inquiétude

Et moi, Voyageur de Minuit, moi ignorant, inconscient des dangers, j'avais quitté la ville à l'heure du
crépuscule et traversé de nuit la plaine désertique. A
l'aube, j'avais atteint le lit du torrent à sec. Devant
moi : la Bouche béante de la Caverne...
A la lumière du jour le lieu se révéla. L'antre menaçant, tant redouté dans la légende, m'ouvrit les portes
de l'espace. M'apparut alors avec évidence que les citadins, pris dans l'engrenage de leur bien et de leur mal,
de leurs biens et de leurs maux, de leurs demeures de
plus en plus étroites, de leurs pensées de plus en plus
aiguës, ne savaient plus regarder large. Tant de murs,
ah misère !
Est-il possible, me dis-je, qu'ils n'aient d'yeux que
pour eux-mêmes et ne se voient là où ils sont? Leur
fière cité bruyante, avec ses tours et ses murailles, avec
son palais de marbre et sa citadelle de granit, n'est-
elle pas une simple oasis, une humble tache de verdure
dans l'immensité illimitée du désert, ou une île perdue,

sans racines, flottant sur les eaux infinies? Qu'un jour, tout à coup, se lève une tempête de vrai sable au milieu des roses, ou bien que se déchaîne l'ouragan sur la mer endormie, alors, en un clin d'œil, leur monde ne serait plus; leurs maisons emportées, englouties à jamais, ne laisseraient aucune trace, ni dans les sables mouvants ni sous les déferlantes.

Insouciance du vaste, ah citadins! Hélas, me dis-je, un soir, accablés sous le faix de leur promiscuité perpétuelle, ils éteindront leurs lampes et ce sera trop tard. Ils glisseront vers le fond, vers le lourd, vers l'oubli. Alors les esprits du gouffre remonteront, et s'ouvrira la bouche de la Caverne, et s'élanceront les souffles infernaux. Ils dévasteront l'étendue; ils s'empareront des montagnes et des torrents à sec : géants en marche, dragons de feu, Cité détruite! Ah citadins! Anéantis en plein sommeil! Anéantis sans jamais, pas une fois, s'être éveillés de leurs murs!

Pour moi, l'éventuelle violence des sables ni la possible fureur des eaux ne m'inquiétaient.

Ma peur, c'était le Monstre. Je veux dire le Dragon, l'invincible Dragon, le Fléau de la terre, l'immonde prédateur d'hommes, l'irrésistible Charmeur des âmes, qui se faisait ouvrir les portes, les cités et les cœurs.

Et leur manque de vigilance, ah désespérance de ma pensée! N'ont-ils pas entendu, me demandais-je, la grande voix limpide qui n'a cessé de monter depuis le fond des âges? Ni le message des contes et légendes de leur enfance? N'ont-ils donc rien saisi de l'histoire de la Cité du Silence où s'installa le Monstre? Et comme, à la faveur de l'insouciance de ses habitants, il leur dévora l'âme et dévasta le cœur?

Ne se souviennent-ils pas comme, de cette cité vive,

le désert ne conserve que d'imposantes ruines, belles et terribles au crépuscule, et comme, de ses habitants, la mémoire ne ressasse qu'un lointain écho, hélant et enfouissant une peur indicible? Ils se croient maîtres, ceux d'aujourd'hui, de cet effroi de leurs ancêtres, et la rassurante illusion du courage à bon compte va peut-être causer leur perte, et le ravage de la Cité. Oh, j'entends! J'entends monter des profondeurs de la Caverne, là, devant moi, de confuses syllabes charriant message d'embûches et d'énigmes à la recherche d'une réponse, d'une clarté, d'une urgence.

Que faire? Je suis le Voyageur de Minuit. J'ai long-temps déserté les distances et les hommes. J'ai par-couru le monde habité, les pays dévastés, le silence, la solitude. Comment me faire entendre d'eux depuis ces latitudes? Et dire à leur Cité la menace implicite?

LA VILLE MALADE

Ainsi s'interrogeait le Voyageur au bord du torrent à sec, face à la bouche béante de la Caverne. Au lointain, il pouvait voir des formes à demi ensevelies, pans de murailles, arceaux en suspens, colonnades sans emploi, que venaient dévorer les ronces. Un pèlerin des temps jadis, pensa-t-il, se souviendrait. Parti à la recherche de l'ancienne Cité, il arriverait jusqu'à ces ruines, et il saurait. Il saurait me raconter l'histoire, la vie et la mort de son peuple à jamais englouti.

Terre de paradis

Parlerait-il, ce pèlerin des temps jadis, qu'il parlerait ainsi :

En lieu et place de ces vestiges se dressait une ville dont la renommée avait conquis le monde. On s'y rendait en traversant l'immensité des prairies les plus vastes, des forêts les plus denses, des monts et des vallées brassant leurs fleurs sauvages, leurs lacs et leurs

rivières aux ondes transparentes, leurs torrents fra-
cassants descendus des hauteurs où rêve la neige bleue.
Chevaux en liberté par les herbes et le vent, cerfs,
chevreuils, biches, troupeaux de grâce dans l'éclat des
graminées, animaux sans frayeur qui venaient jusqu'au
bord de la ville jouer avec les enfants et manger dans
leurs mains : voilà ce que trouvait le voyageur, avec
les trilles des oiseaux sous l'ombre des jardins.

En ce temps-là, on n'inventait pas la cage.

En ce temps-là, la ville était sans Porte.

En ce temps-là, on ne dressait pas muraille, on ne
creusait nul fossé.

La ville était un parc; la ville était fleurs, bosquets,
maisons sobres, discrètes, agréables à l'œil, reposantes
à vivre.

Les jeunes, filles et garçons, se consacraient à la
beauté de la Cité, à son entretien, à son atmosphère.
Ou bien ils se promenaient le long de la rivière, s'em-
brassaient et s'aimaient de parcs en sous-bois. Les
adultes savouraient l'ombre des platanes, sur la grand-
place, et devisaient. Les enfants faisaient partout jaillir
leur présence, jouant sur les sables des plages, s'écla-
boussant de vaguelettes, joyeux, bruyants, et libres.

En ce temps-là, être chagrin, triste, c'était s'avouer
malade et aller consulter le sage de la Cité, le guérisseur
des corps et des âmes. En ce temps-là, bien avant le
cataclysme, les hommes ignoraient domination et servitude, et il ne se trouvait ni esclaves ni maîtres. A la
vérité cependant, la ville avait des maîtres incontestés :
les enfants.

En ce temps-là, on croyait aux enfants. Conviction
régnait qu'initiés naturels aux mystères, ils avaient
connivence avec la nature. Ils parlaient la langue des

oiseaux. Ils tutoyaient les esprits des lieux. Les montagnes, les plaines, les torrents et les sources, les lacs et les forêts leur murmuraient au cœur.

En ce temps-là, les enfants connaissaient les secrets de la Caverne. Aussi étaient-ils régulièrement consultés pour décider de la conduite de la Cité. Sur la grandplace, à l'ombre des platanes, on voyait parfois bambins et barbes blanches se réunir, et c'était comme en jouant que se prenaient d'un commun accord les mesures adéquates à la vie de la ville.

Arrivée
du Grand Conquérant

Un jour, un jour comme à l'accoutumée...

Un jour que les oiseaux chantaient dans les jardins en fleurs, que les enfants riaient à la rivière, que les amoureux folâtraient dans les bois,

des nuages lourds menacèrent soudain, et s'assombrit l'horizon, et se leva un vent glacial portant l'impitoyable amertume et l'angoisse inconnue, qui enveloppa et fouailla la ville.

Quand le ciel couleur de sang fut prêt de couler derrière la terre,

quand le ciel couleur de sang permit de voir une silhouette,

quand le ciel couleur de sang accoucha sa douleur,

on distingua, sur fond de brumes rougeâtres, figure sinistre et droite avançant vers la ville,

un cavalier noir.

On se précipita : toutes, tous,

face à la sombre plaine, face au sang du ciel, face à

l'inouï, visages et cœurs crispés comme jamais jusqu'alors,
    d'attendre, de voir, de toucher peut-être
    par-delà l'obscurcie
    l'arrivée du Cavalier Noir.

Il surgit du brouillard lentement, nimbé d'une ostentatoire majesté, pour s'arrêter enfin, face à la foule. Géant vêtu de ténèbre, juché sur un cheval gigantesque au poitrail d'ébène et de suie, il tenait, d'une main, les rênes de sa monstrueuse monture, et dans l'autre brandissait une lance. A sa ceinture, une épée. Sur sa tête, un casque d'acier, qui lui couvrait la nuque et descendait en visière sur les yeux. Au front, gravée en rouge, l'image d'un dragon.

Le plus étrange : la physionomie même de ce Cavalier Noir. De son visage de cendre émanaient des bouffées de colère, tels des feux jaillissant d'un four; sa bouche entrouverte, tordue par la haine, laissait apercevoir des dents abominables, et ses yeux violacés étaient deux coupes de sang.

D'une voix roulant comme un tonnerre, il parla :

— Bonnes gens, racaille inepte et nulle! Vous vous demandez peut-être qui je suis? Sachez que je me nomme Ego, héritier-fondateur de la dynastie du même nom. Je suis le Guerrier Invincible. Je suis le Conquérant du Monde. Je suis le Chef Illimité. Désormais votre Cité m'appartient. Dès à présent, vous voici sous mes ordres. Les soumis, les prudents, les couards bénéficieront de ma haute protection, de ma puissance, de ma clémence, et trouveront récompense. Turbulents, trouble-fête et rebelles auront la tête tranchée, et seront ainsi justement châtiés et soulagés.

Prononçant ces terrifiantes paroles, le Cavalier agitait sa lance et en menaçait solennellement la foule.

En ce temps-là, on ignorait encore tout de la violence.

Une biche, qui broutait paisiblement non loin de là, irrita le Grand Conquérant. Il souleva son bras, et projeta prodigieusement son arme. On vit la lance percer au flanc le gracieux animal. On vit le sang rouge sur la terre noire. On vit un feu, soudain, qu'on n'avait jamais vu.

Aux femmes, il jeta ses ordres :

– J'ai fait un long voyage. Je suis fourbu. J'ai faim et soif. Un lit, et le meilleur, pour mon repos! Un rôti de cette bête! Et une nuit auprès de vos têtes! J'ai dit.

Un silence opaque vint plomber la terre. La brise cessa de souffler. Les oiseaux, de chantèr; les uns se cachèrent, les autres s'envolèrent pour des pays lointains. De ce moment ils se divisèrent en sédentaires et migrateurs. Les gazelles prirent refuge dans les forêts. Les troupeaux libres gagnèrent montagnes et hauts plateaux. Et nul animal pour s'approcher de la Cité. Nul, pour venir manger dans les mains des hommes. La biche, image d'innocence, liberté incarnée que le Chef Illimité immola ce soir-là, marqua sans le savoir la naissance de l'histoire nouvelle. À travers elle fut signifiée la fin d'un âge – celui, terrestre, du paradis – et le début d'un autre, où l'on situa le paradis au ciel, au-delà des vivants.

Système de l'Invincible

L'Ordre bouleversa tout.

On apprit à connaître une activité de type nouveau,

qui fut nommé travail. Jusqu'alors, on engageait une action par désir; on la poursuivait par agrément; on la menait à son terme pour le plaisir. On savourait la joie comme le repos, l'ouvrage exaltant comme l'œuvre accomplie. Le travail, en revanche, s'avéra d'emblée marqué du sceau de l'effort, du pénible, du rebutant; entamé dans le non-consentement, il se déployait en souffrance et s'achevait par dégoût. Ainsi s'érigea le joug. Ainsi, la geôle dont l'humanité domestique n'a jamais su se libérer.

Sous la férule du Chef Illimité, il fallut bâtir murailles et hautes tours, creuser fossés, faire forteresse de la Cité, édifier en son sein un aberrant palais de marbre.

Parmi les femmes, les moins malheureuses peut-être furent celles qui devinrent les esclaves voilées du Chef, résidentes dociles du palais, prostituées aux caprices du Tyran.

Les enfants ne jouaient plus. Ils n'avaient plus permission de rire. Ils ne furent plus voyants. Ni les amants ne se promenaient entre bois et jardins. Il était à toute occasion interdit de... Interdit de s'amuser, de plaisanter, de sourire, de s'embrasser dans les bosquets. Interdit, tout ce qui déplaisait au Grand Conquérant. Et ce qui déplaisait par-dessus tout au Guerrier Invincible, au Conquérant du Monde, au Chef Illimité, c'étaient les rires et les jeux, les cris joyeux et libres des enfants, les chants des oiseaux, les baisers des amants.

Le Temple du Dragon

Près de son imposant palais, le Grand Conquérant fit construire un bâtiment propre à frapper l'imaginaire, qu'il réserva aux cérémonies de son credo. D'abord présenté comme la Maison de la Culture du Culte, il fut ensuite appelé le Haut Temple. Sous la vaste coupole centrale, un piédestal délirant offrait support à l'impressionnante statue de la divinité. Celle-ci, mi-humaine, représentait le Chef Illimité, et, mi-animale, un dragon. Un vieux prêtre, crâne rasé, longue robe jaune, avait fonction oraculaire. A certaines heures, il allait s'asseoir aux pieds de la Figure, s'y recueillait en silence, puis, d'une voix d'outre-tombe, annonçait la Parole. Les gens, de cette bouche de long détour, recevaient ordres et menaces, promesses de récompenses ou de châtiments, prédictions implacables ou admonestations à l'obéissance.

Toutes et tous, jeunes et vieux, étaient tenus de se rendre quotidiennement au Temple. Matin et soir, d'y invoquer l'idole et de lui adresser prière. Jour et nuit, d'y faire sacrifice et d'y apporter offrande. Peu à peu, tout ce que la Cité comptait de choses précieuses s'entassa absurdement aux pieds de la Figure. Ainsi la beauté se retira de la Ville. Ainsi la splendeur fut prisonnière du Temple.

Seul le vieux prêtre savait. Seul il savait qui était le Grand Conquérant. Dans la semi-obscurité d'un recoin du Temple, il réunissait parfois quelques-uns de ses disciples, et il les enseignait.

Le secret des secrets

Aux plus avancés, une fois, il réserva ceci :
– Jeunes prêtres! Serviteurs dévoués du Haut Temple! Le temps des faciles épreuves a pris fin. Vous, privi-

légiés que notre Seigneur a destinés à l'accomplissement des missions délicates, vous, élus qu'il a choisis
pour porter haut sa gloire, approchez et préparez-vous :
voici venir la vérité, la pleine et âpre vérité!

» Jeunes prêtres, je vais vous initier au secret, au
secret de vieille griffe, au secret des secrets! A vos yeux
j'enlèverai le voile. De ce dévoilement retenez l'essentiel, qui ne réside pas dans la manière de mettre à nu
les secrets, mais bien dans l'art de les savoir voiler.

– Que devons-nous faire, ô Grand Prêtre?

– Jeunes serviteurs du Temple, il faut garder le
secret... secret!

» Donnez-lui constamment déguisements de pra-
tiques et de rites. Organisez des cérémonies de plus en
plus solennelles, imposez aux croyants des cultes de
plus en plus astreignants – qu'ils aient toujours trop
à faire, et jamais assez pour être!

» Car les hommes ont satisfaction de pouvoir agir,
et malaise de devoir être. Ainsi, comblés par les exer-
cices du culte, gavés de cérémonies, hébétés de rituels,
ils seront prêts au sacrifice volontaire.

» Vous seuls, jeunes prêtres, serviteurs du Haut
Temple, ne serez pas dévorés comme eux; vous seuls
échapperez au sort commun *puisque le Monstre aura
besoin de vous!*

– Que devons-nous entendre par là, ô Prêtre?

– Sachez ceci, jeunes prêtres :

» Le Grand Conquérant, le Chef Illimité, le Guerrier
Invincible, le Tyran absolu de la Ville et du Temple,
notre Maître, est l'affamé des affamés, l'assoiffé des
assoiffés, l'ogre implacable de la terre. Il est chasseur
d'hommes, loup dévorant les loups, serpent à mordre
les serpents.

» Mais les humains, aveugles, sourds, n'ont d'yeux pour voir sa mâchoire infinie, ni d'oreilles pour entendre les cris des suppliciés.

» Vous, gardiens, hérauts et vigiles de l'Ordre du Grand Affamé, soyez en sorte qu'il soit toujours servi, et qu'à jamais il en soit ainsi!

— Que devons-nous savoir encore?

— Préparez-vous, jeunes prêtres, serviteurs du Haut Temple, gardiens de l'Ordre Impérissable, préparez-vous au nom des noms, préparez-vous à recevoir, et n'oubliez pas : la révélation ultime demande...

» Que le secret soit gardé secret!

» Sachez que le Maître, notre Seigneur le Conquérant du Monde, notre Prince le Chef Illimité, notre Phare le Guerrier Invincible,

n'est autre que le Dragon, l'Invulnérable,

le Monstre absolu,

le Fléau de la terre,

l'inéluctable mangeur d'âmes,

l'insatiable buveur de sang.

» Et sachez que tous les hommes sont ses esclaves et sa pâture,

et que nous sommes, vous comme moi, ses fidèles et conscients serviteurs.

» Mais les gens, aveugles et sourds, n'ont d'yeux pour sa mâchoire, ni d'oreilles pour ses victimes!

» Et vous, gardiens de l'Ordre du Dragon, faites en sorte qu'il en soit à jamais ainsi!

— Que dire aux gens, ô Grand Prêtre?

— Dites-leur, par tous les moyens, en usant de tous les rituels, que notre Seigneur est l'Absolu, qu'il est le seul et unique Être, que toutes louanges et adorations ne montent que vers lui.

» Dites-leur :

priez, jour et nuit priez!

soumettez-vous, obéissez à sa juste loi, versez fatigue et larmes au feu de sa grand-soif, en sorte que ses flammes attisent l'univers!

Offrez, offrez à notre Seigneur, à sa pure mâchoire infinie!

multipliez les sacrifices, faites fumer le sang tiède sur les autels sacrés de sa Gloire!

» Voilà ce que vous leur direz, ô jeunes prêtres, et voilà ce que je vous dis à vous :

soyez en sorte qu'il soit toujours servi! Faites qu'il en soit à jamais ainsi, et que sa faim, sa soif et son exaltation soient l'agonie interminable de toute humanité!

Naissance de l'Ogre

Ainsi parla le vieux prêtre. Ensuite, il révéla également aux jeunes initiés l'histoire même du secret, sa conception fangeuse, sa croissance invisible, sa fulgurante omnipotence.

Il raconta comment, d'un œuf sans importance, une nuit, surgit un ver. Un ver apparemment semblable à tous les autres vers, innocent, dépourvu d'yeux pour voir, de pieds pour se mouvoir, de dents pour se nourrir.

Il raconta comment ce ver grandit au sein de la terre nourricière, et que les gens disaient : c'est un ver, pareil aux millions d'autres vers, innocent, dépourvu de prunelles, de doigts et de canines.

Il raconta qu'en grandissant, un jour il se trouva :

irrésistiblement unique, ne ressemblant à nul au monde, ne ressemblant qu'à lui. Il n'était pas serpent car il avait des griffes. Il n'était pas oiseau car il lui vint mâchoire. Il n'était pas sphinx car il sabrait les questions. Il donnait seulement des ordres, exprimait catégoriquement sa volonté, coupait la tête qui lui tenait tête, brisait l'échine qui ne se courbait, seul à dévorer sans être mordu, inextinguible brasier qu'aucune gorge n'avalerait, qu'aucun ventre n'assimilerait, qu'aucun cerveau ne réduirait.

Il raconta comment il lui vint puissance d'hydre, et ses membres en contenaient dix autres.

Il raconta qu'en la jeunesse du Monstre, la Déesse de l'Amour régnait sur le pays. Apprenant qu'un étrange fléau dévastait peu à peu son domaine, la Souveraine manda près d'elle les braves et les héros, et promit sublimes faveurs à qui tuerait la bête.

Il raconta comment la Déesse de l'Amour s'engagea, offrant le chemin des rivages perdus, la libération de l'échec et de la douleur, des vains plaisirs et fausses gloires, et la clef de la source de vie. On ne sut jamais si la promesse parut insuffisamment attrayante, ou si le Monstre, déjà, était invincible, mais il ne fut ni tué, ni même jeté hors du royaume. Oui, jeunes prêtres, serviteurs du Haut Temple, gardiens de l'Ordre du Dragon, notre Seigneur, à mesure que sa croissance le portait plus loin en force, en faim, en soif, se sentit devenir si grand que ce royaume ne le pouvait contenir. Ce fut lui qui en partit. Lui qui s'expatria vers les ailleurs. Il y dévora des loups et des hommes, but du sang à outrance, engloutit des caravanes, pilla toutes les richesses et se fit des esclaves en tous les points du monde. Matin et soir des croyants sincères vinrent se

prosterner à ses pieds, lui apporter leur âme et leurs
offrandes, puis leur âme en offrande. Seuls les habitants
de ce pays-ci, sa patrie, vivaient encore dans l'erreur,
sous la tutelle de la Déesse de l'Amour. Ils n'avaient
pas reconnu la vérité : la puissance de notre Seigneur
le Dragon. Enfin il s'en revint sur sa terre natale, et
sa Gloire s'imposa. La Déesse fut chassée, le vrai culte
définitivement instauré.

— Jeunes prêtres du seul secret!

» Notre Seigneur est Monstre et notre terre en son
sein l'a bercé,

et les femmes et les hommes ont accueilli sa justice
dans leurs cœurs,

et nous avons mission de le servir en tout, pleinement, fermement, sans pitié

pour ces aveugles qui n'ont pas d'yeux pour voir sa
mâchoire, ces sourds qui n'ont pas d'ouïe à la mesure
des cris de ses victimes, et qui seront à leur tour sa
pâture!

» Et vous, gardiens, vigiles et prêtres de son Ordre,
faites qu'il en soit à jamais ainsi
et gardez le secret
secret!

La ville malade de son maître

Ayant ainsi évoqué l'attitude et les propos du vieux
prêtre, le pèlerin des temps jadis poursuivait, à l'in-
tention du Voyageur de Minuit toujours assis face à la
bouche béante et muette et noire de la Caverne :

Il fallut une longue période avant que l'on découvrît
ce fait lourd de conséquences : le Chef Illimité était

vénéneux. Il répandait autour de lui un poison, d'où résultèrent trois maladies contagieuses inconnues jusqu'alors, et pratiquement incurables : l'ennui, la colère et la peur.

Le premier à succomber au mal de l'ennui fut le sage guérisseur de la Cité. L'attaque fut si foudroyante qu'il ne songea pas même à se soigner. A peine la nouvelle s'en répandit-elle qu'il avait quitté ce monde. La jeunesse se révéla plus sensible à l'épidémie colère. Les femmes, les enfants, les vieillards, l'ennui les toucha de plein fouet. Quant à la peur, elle frappa fort, toutes, tous, et exerça très vite ses ravages.

Les vieux déclinaient rapidement. Les femmes ne souriaient plus ni ne chantaient. Les jeunes gens, étouffant sous les assauts de la rage, ne se contenaient plus et se querellaient, se déchiraient, s'entre-tuaient même. Le Chef Illimité sut employer l'énergie de leur fièvre, et les envoya vers les ailleurs avec mission d'y exterminer préventivement les tribus sauvages, les barbares, les non-civilisés résiduels de la planète, tous ceux qui restaient dans l'ignorance de son culte. Il fallait, disait-il, prendre ces gens-là de vitesse, les détruire avant qu'ils ne découvrent l'art de la guerre, c'est-à-dire avant qu'ils ne songent à anéantir la Cité. De ces expéditions de rapine et de massacre, nombre de jeunes ne revenaient pas. Ceux qui rentraient semblaient guéris de la colère, certes, mais en proie à une telle faiblesse amère qu'ils succombaient sous peu aux assauts de l'ennui.

Le plus étrange fut le sort des enfants. Ils ne savaient plus jouer. C'est ainsi que les parents entreprirent de confectionner des jouets et de leur en enseigner l'usage. On espéra, par ces moyens d'artifice, tirer à nouveau quelques cris de joie de ces bambins que plus rien n'amusait. Ce fut peine perdue. Très peu, désormais, atteignirent l'âge adulte. Ceux qui y parvenaient en prenaient l'apparence, mais ils avaient laissé leur âme en arrière, définitivement égarée.

Si l'épidémie de l'ennui connaissait çà et là rémission, si la fièvre colérique parfois tombait un peu, l'obscène peur, elle, sévissait sans trêve, et ses effets disloquaient au plus profond.

On perdit définitivement confiance. Amour, amitié, sincérité disparurent. Chacun se méfia de tout. Des autres. De soi. De sa pensée. De peur que quelqu'un n'entende, en plein jour on chuchotait en cherchant pénombre. Les amis étaient-ils des amis? Les mots d'amour n'avaient plus lieu de chant. L'élan, la sympathie sentaient la trahison. Nul n'osa plus sortir de la Cité. La vaste plaine familière qui embrassait la ville, par laquelle était venu le Grand Conquérant, semblait hostile, inquiétante, vraie terre de cauchemar. En rêve, beaucoup la voyaient peuplée de cavaliers noirs, de montagnes terrifiantes piétinant l'horizon, d'ombres fantomatiques montées de la Caverne. Les nuits devinrent interminables. On se réveillait en sursaut, trempé de sueur, bouleversé par l'effroi, tremblant de la tête aux pieds.

Et personne, hélas! pour découvrir la vérité. Personne pour dévoiler le secret. Personne pour savoir que le Chef était le Monstre, que le Monstre était le Dragon du mythe. Personne pour saisir l'origine du mal. Personne enfin pour prévoir le pire, qui allait dévaster la ville, dévorer les âmes, et se dévorer lui-même du dedans.

LE DRAGON
DANS LES RUINES DE LA CITÉ
DE L'ÂME

D'innombrables jours s'écoulèrent, et d'interminables nuits.

Vint l'instant où le Grand Conquérant demeura irrésistiblement seul.

Maître absolu de ses domaines sans fin, il n'avait plus personne à réduire en esclavage. Souverain incontesté, il ne trouvait plus de nouveaux sujets à dominer. Guerrier invincible, il ne lui restait aucun adversaire. Seul être apparemment vivant au cœur de son palais, au milieu d'un empire dont le trône réel était désormais le silence.

Fermées pour toujours, les portes de la Cité où personne ne pénétrait, d'où personne ne sortait!

Immensités arides, les grasses prairies et les verts pâturages! Le jour un soleil fou y faisait rouler le feu, la nuit un vent amer y levait tourbillon d'un horizon à l'autre. Couleur de cendre et de cadavre étaient les montagnes de l'est, couleur de cadavre et de cendre, les forêts calcinées du couchant! Asséchées, détournées, bannies, les eaux de la rivière, et boueux les torrents!

Envahies par les ronces, les nombreuses et larges routes qui conduisaient à la Ville!

Figées, absentes, disparues, les longues caravanes!
Inutiles, les caravansérails!

Alors le Grand Conquérant sortit, seul, de son palais
de solitude, de sa ville sans âme, et se rendit devant
la Bouche béante, muette, noire : à la Caverne.

Clameur d'abîme

Face à l'antre inquiétant, le Grand Conquérant, pour
la première fois, se sentit sans arme, incapable qu'il
était, devant la trouée obscure, de la faire disparaître,
de l'anéantir d'un ordre, d'un geste, d'un haussement
de sourcil décisif, comme à l'accoutumée. Face à lui,
une ténèbre plus profonde que la sienne entrouvrait
son abîme.

Il découvrit alors à quel point la vie avait fait reflux.
Il découvrit son propre cœur, qui lui murmurait que
la vie avait pris refuge au sein de cette ténèbre dont
le calme vertige devait envelopper une mer immense,
transparente, scintillante de joie dans une lumière
d'aube, frémissante de bonheur sous la caresse de la
brise. Il crut entendre, au-delà de l'ombre impérissable,
le galop inconnu de milliers de chevaux sauvages, le
hennissement libre de l'existence − et il eut découverte
de la peur.

Tout lui parut soudain grincer, s'entrechoquer, et
des râles de démons enchaînés lui parvinrent, et des
fracas de métal, et des grondements de feu ardent.

Puis ce fut du silence, du silence à hurler. Il reconnut, à peine perceptible, le léger frémissement, le frois-
sement de soie d'une fleur de l'ombre qui déployait
délicatement ses pétales pour la venue du jour. La

respiration des araignées géantes, le bruissement de leurs toiles à l'entrée de la Caverne, les chauves-souris et autres vampires qui en tapissaient la voûte, tout lui parut fixer sur sa présence l'innombrable regard des gardiens des secrets nocturnes, l'innombrable regard qui attendait sa proie.

La grande absence

Il eut peur, l'indomptable Affamé de Monde. Il frissonna, l'insatiable Assoiffé de Vie, et sa pensée trembla.

Quel était donc, se demanda-t-il, le sens de ces errances sans fin à travers les déserts, les horizons, les champs de bataille?

Au bout de cette longue attente, de ce torrent à sec depuis la nuit des temps, quoi?

N'ai-je pas cherché l'être, dont l'absence est là, dans ce tarissement? La force mystérieuse qui célébrait la divine Inconnue, la grande Absente d'à présent, en organisant chaque année la fête du printemps, en secouant joyeusement les entrailles de la terre, ranimant les branches mortes, lançant ses tulipes rouges à l'assaut des champs gris, donnant ordre aux lugubres montagnes de se vêtir de la tunique verte des fées, mettant partout en marche mille caravanes de couleurs, de sons et de parfums – où est-elle aujourd'hui?

La source, le torrent, la vallée, la plaine, la rivière et ses ombrages accueillant amants et voyageurs, où ont-ils fui, ces joyaux de l'existence? Nulle trace de pas sur l'étendue, nuls sentiers vers un but, nulle marque de vie devant moi désormais. La source se serait-elle complètement asséchée, ou bien a-t-elle plongé définitivement vers l'intérieur, au fond de la Caverne, au point de ne plus jamais devoir réapparaître?

Les villes, les trop longs séjours qu'on y peut faire sont dangereux. Je le savais pourtant. Le palais, la lueur familière des candélabres, la présence voilée des esclaves, tout cela conduisait à l'oubli, je le vois à présent. A l'oubli du désert, à l'oubli des ombres et des gouffres, à l'oubli de la source au fond de la Caverne. Si la source reflue et si j'oublie la source, le tarissement alors touche à l'infini, et je suis, moi, l'Invincible, en péril infini!

Le départ de la Reine
des Sources Vives

A cet instant il se souvint, le Chef Illimité, des temps heureux, si lointains, où il vivait auprès de la Cascade.

Mais depuis si longtemps il ne savourait plus, au printemps, le parfum des orangers en fleurs, ni ne goûtait plus les oiseaux dans leurs feuillages de nuit d'été, ni le murmure de la rivière sous les arcades. L'eau s'était tue. Les arbres restaient muets. Les orangers avaient séché.

Il n'avait pas pris garde à ce silence.

Il avait tardé à sentir le danger.

Il avait tellement oublié! Jusqu'à ces nuits d'été, où il partait à travers les espaces célestes sur le sentier de la voie lactée. Mais les étoiles avaient pâli, et les constellations qui lui restaient n'étaient que verroteries aux plafonds du palais.

La mémoire affluait à présent, et il se souvint, le Grand Conquérant... Ces mêmes nuits d'été de naguère lui revenaient en l'esprit, et leur beauté, et leurs orages parfois, avec pluies en rafales, avec torrents en crue subite qui arrachaient des arbres centenaires, bousculaient des rocs, venaient gronder, mugir, écumer jusqu'à la rivière dont les eaux se soulevaient en de sinistres ronflements de forge... Comment avait-il pu oublier cette nuit particulièrement étrange au cours de laquelle, sur un énorme tronc charrié par les eaux en furie, on avait vu briller une intense lueur pourpre ?

On s'était précipité vers le rivage. Les hurlements du vent, les ébranlements du tonnerre répercutés par l'écho sur les flancs des montagnes, l'inquiétude et la curiosité générale, tout, cette nuit-là, passait les bornes.

Un instant, à la faveur d'un éclair, on vit : sur le tronc à la dérive, le corps vert émeraude, orné de taches multicolores, d'un fabuleux serpent. Enroulé sur lui-même, la tête haut dressée irradiant son intense lueur pourpre, mille feux scintillant autour de ses yeux, un point rouge, incandescent, planté au milieu du front, il observait impassiblement le tumulte des eaux, de la terre et du ciel.

On avait murmuré : c'était, avait-on dit, la Reine des Serpents. Elle avait revêtu sa robe de cérémonie verte. Placé sur sa tête la couronne de diamants et l'énorme rubis. Elle avait quitté son royaume, abandonné les Sources Vives. C'était inconcevable et pourtant c'était ainsi : la Reine des Sources Vives n'allait plus revenir.

Une tristesse profonde avait envahi la foule. Ce départ constituait un mauvais présage. Les récoltes seraient compromises, et peut-être le sort du pays. La rivière, la vallée, les montagnes, ce fut comme si leur âme s'était enfuie.

De cette nuit de tempête où disparut la Reine des Sources naquit, pour les humains, la sensibilité au passage du temps. C'en fut terminé de l'âge mythique des immémoriaux; désormais commençait l'ère historique aux durées laborieusement accumulées, comptabilisées, inventoriées.

De cette nuit de tempête datait aussi la fin de la jeunesse heureuse du Grand Conquérant. Il s'éloigna. Il partit vers les ailleurs. De même que s'en était allée la Reine au rubis pourpre, de même que la rivière ne fait pas retour à ses sources, de même il déserta les rivages premiers.

A présent, face à la Bouche béante, muette, noire, face à la Caverne, il se souvenait... Pris du vertige du retour, il lui venait désir de tout recommencer, de retrouver l'Absente dont le sourire, jadis, le faisait chavirer.

D'où me suis-je exilé, soupira-t-il, sinon du pays où je savais encore aimer? Qu'est donc la grande Absence, sinon celle de l'amour?

Il eut souvenir de son départ de jadis.

Souvenir de la Reine du Printemps, qui avait revêtu sa robe de Déesse Verte. Souvenir de sa prédiction d'alors.

Prédiction de la Déesse Verte

La mer infinie, couleur d'azur, miroitait dans son regard. Elle s'était approchée. D'un geste large, elle avait désigné un point à l'horizon, puis lui avait tendu la main :

— Lève-toi, et viens. C'est l'heure.

– Je préfère rester, avait-il répondu. Rester à l'intérieur, avec les murs, les lampes, les miroirs.

Aux confins du regard enchanté, la mer couleur d'azur s'était assombrie. Le sourire de la Déesse s'était estompé. De sa bouche adorable avaient surgi les étranges paroles :

– Soit. Mais sache que ta peur choisit la voie de toutes les misères. Tu ne seras qu'errance, frustration, douleur. Tu te damneras pour me retrouver. Chaque pas, hélas, que tu croiras lancer vers moi t'éloignera de mille autres du lieu où l'on me trouve.

La voix, l'émouvante voix de la Déesse s'était peu à peu éloignée, voilée déjà par la distance :

– Sans moi, tu verras jaunir les vertes prairies, se calciner les plus denses forêts, tarir les ruisseaux et les sources, gronder la bourrasque amère et se taire les oiseaux. Sans moi, tu verras la vie déserte et nulle. Sans moi, tu te découvriras reptile absurde, rampant vainement entre absence et poussière. Je resterai à jamais l'Absente de ton cœur, et ta vie trouble et agitée déroulera ses soubresauts ineptes, vides de sens et de joie.

Ainsi avait-elle prévu, et dit.

Ainsi le Grand Conquérant avait-il connu expérience double, comme si la Reine des Sources Vives avait deux fois quitté sa vie.

Ensuite, il avait eu à se jeter sur les routes, errant de la douleur de l'Absence, et semant partout l'écho monstre de sa souffrance, entre horreur et désolation.

Plus tard, dans son palais au cœur des ruines, seul, un soir de crépuscule oblique, à l'heure où les démons de la nuit à pas de loup et de velours dévorent la lumière, il eut visite de la Dame Noire.

Gracieuse, élégante, toute de noir vêtue, aussi vieille que le monde, plus fraîche que l'instant, elle était venue du plus loin jusqu'au néant de la Cité. Son charme glaçait le cœur. Sa beauté anéantissait l'espoir. D'un regard elle avait ouvert les portes; sans étonnement, avait parcouru les ruelles silencieuses. Au palais, dont elle gravit lentement les hauts degrés, elle traversa patios et colonnades puis, sans frapper, entra chez le Grand Conquérant.

Le pèlerin des temps jadis marquerait ici une pause. Le Voyageur de Minuit, les yeux clos, attendrait ardemment.

Le pèlerin reprendrait :

C'était, selon la légende, la rencontre de l'Ange des Ténèbres et du Grand Conquérant.

L'ENFER RETROUVÉ

Les architectes de la Cité de l'Ame

Autrefois, quand nous bâtissions la Cité de l'Ame autour des bosquets de la rivière, je croyais connaître le sens. L'œuvre était claire : solidité des fondations, beauté des formes, ingéniosité des perspectives, tout cela signalait une attente; comme si se préparait une importante réception. Nul architecte ne construit la Grande Maison pour y habiter seul. L'âme du logis d'abord doit s'installer, elle qui sait le secret des lampes. Cette Cité aujourd'hui silencieuse et lugubre fut pourtant une splendide demeure de l'âme. Passion, émotion, intuition en furent les architectes infatigables, les ardents et habiles ouvriers, les croyants sincères. C'était un temple de l'amour que nous érigions, et notre œuvre marquait une attente, se préparait pour une importante venue.

Quand nous l'eûmes achevée, l'harmonie avait jailli du sol, et tout le monde attendit : les hommes à l'orée du temple, les oiseaux dans les arbres, les fleurs dans les jardins. Les gazelles, descendues boire à la rivière, dressaient soudain la tête, naseaux frémissants, et fixaient l'horizon.

On attendait la Reine du Printemps. On l'attendait, vêtue d'émeraude, qui frôlerait les flots dans la brise du matin. Elle prendrait possession de son temple. On irait s'agenouiller à ses pieds, on ceindrait à son front diadème de fleurs sauvages, on irait vénérer la source du printemps.

Au lieu de quoi, ô ami Voyageur, un certain crépuscule nous apporta la fin. Ah, fin sinistre entre toutes! Et le Cavalier Noir, de l'horizon noyé, sortit nous enchaîner. Enveloppé d'une brume maléfique, il prit possession de tout, de toutes, de tous. Il se fit ériger palais. Il imposa son culte dans le temple, et l'étrange réalité du labeur sans but, du despotisme, de l'esclavage. Il ne discutait pas, il tranchait. Tu sais, ô Voyageur, ce qu'il advint, et comment le Monstre se retrouva finalement seul dans son palais, au milieu d'une cité sans âme, souverain d'un empire de néant.

Seul parmi les voûtes et les arcades, seul parmi les multiples tableaux le représentant à l'infini, unique image et motif central de toutes les tapisseries, seul avec boiseries et cristaux où s'incrustait toujours le motif du Dragon, il aimait à se contempler longuement dans les innombrables glaces et miroirs dont il avait pourvu le palais, qui reflétaient de toutes parts la forme exclusive du Monstre.

Il lui devint de plus en plus difficile de se détacher des miroirs.

Sans eux, il croyait disparaître.

Inconscient de leur menace, ignorant leurs pouvoirs, il alla ainsi au plus grave échec de son abominable existence.

Il ne savait rien de la magie des miroirs.

Il ne savait pas qu'ils sont le seuil de la vraie nuit.

Il ne savait pas qu'au-delà commence l'empire du Moi, et que l'empire du Moi est abîme : l'Enfer enfin. Retrouvé.

Des instants et fantômes

Le piège de l'instant, lentement, se refermait sur lui.

Un matin, il fut frappé du mal du temps. Il ressentait la durée, mais comme une fermentation; les saveurs, mais comme des brûlures acides, ou des nausées. Les orangers en fleur : le temps des souvenirs déchus. Les petites ruelles des cités d'Orient : le temps des déchets fétides, l'asphyxie de la putréfaction. Les larges avenues des villes d'Occident : le temps des essences brûlées, le souffle de la suffocation.

Les jours, les nuits, les mois, les saisons, l'heure ou l'année : il y devint insensible, et leur décompte lui paraissait vain. Il savait seulement qu'il avait un long voyage à accomplir, mais quand, vers où, et dans quel but? Tel un océan dont les rivages s'éloigneraient à l'infini, chacun de ses instants se dilatait sans mesure et plongeait dans des brumes où origine et fin mêlées se perdaient à jamais.

Bien qu'il eût sillonné le monde et dévasté des royaumes, le Grand Conquérant, écrasé sous le poids du perpétuel, ne venait plus à bout de l'instant.

Reclus dans l'ombre, il comprit qu'il avait quitté la lumière. Son monde? Une ombre sur un mur d'ombre, et nulle fenêtre.

Une ombre sur un mur d'ombre, mais une porte verrouillée.

Dans cette ombre, au ralenti, grouillaient des ombres de visages, ombres d'événements obscurs, ombres d'avenirs opaques, ombres de passé pâli. Piégé par l'instant, piégé par les miroirs, il n'avait plus affaire qu'à des fantômes.

Le vent d'automne

Du fond de l'ombre, il voulut se diriger vers la porte verrouillée. La marche vers cette porte, il la ressentit comme une lente descente au fond de quelque puits : la solitude, oui – mais loin, encore, de sa pureté cristalline. Il lui restait une ultime compagnie en effet, qui le suivait partout et ne le quittait plus; qui soufflait, comme le vent d'automne, tantôt continûment, gelant émotions et pensées, tantôt par rafales qui noyaient le décor dans des tourbillons de poussière et de feuilles sèches. Et cette compagnie avait un nom : Angoisse.

Autrefois, la grande misère de vivre lui semblait résider dans le passage du temps. Maintenant l'effroi tenait dans son arrêt, dans son suspens, dans sa cassure.

Si la brise cessait? Si le cycle des saisons cassait? Si le couchant coulait à pic? se demandait-il avec terreur. Mais déjà le remède aux souffrances des hommes – la succession, la balance des jours et des nuits, des saisons, des années –, ce remède lui faisait défaut. Il se sentait comme malade d'opacité.

L'impossible marche lui rappela certain sentier qui serpentait à travers l'herbe rousse. Pourquoi, se lamenta-t-il, ne me suis-je pas, enfant, engagé dans ce chemin? J'étais sûr, pourtant, qu'il conduisait au lac

de brumes et de roseaux où attend la barque cachée.
Je l'aurais trouvée, je l'aurais prise, j'aurais traversé
les eaux! J'aurais alors atteint aux rivages perdus...
Mais à chaque pas de l'impossible marche, son corps
était comme aspiré par le sol. Horrifié, il vit la moitié
inférieure de ce corps prendre forme noueuse, devenir
tronc d'arbre : et il en sentit les racines, tout en bas,
qui fouillaient péniblement la terre sèche et dure à la
recherche d'un peu d'eau, d'un peu de vie, et il suffoqua
d'éprouver la partie supérieure de ce même corps comme
un ramage que le vent ployait et déployait à sa guise.
Autour de lui, un monde inerte, un univers d'ombre,
un puits d'espace figé, une ouate de ténèbres à étouffer
son et mouvement : il sombra dans un vertige de dernière chance − tout lui parut soigneusement *prévu*. Il
s'attendait à la survenue de quelque tragédie antique.
Un rideau allait se lever.

Désert de l'Indifférence

Chaque pas de l'impossible marche lui ouvrait d'impossibles pas.
L'ombre, l'ombre de l'ombre, l'angoisse le guidaient
encore lorsqu'il déboucha au désert. L'aridité. L'immensité. Ce ne fut plus la nuit. Ce ne fut pas le jour.
Il distingua de vagues formes et contours, mais sans
noms. Aucun objet n'était d'ombre, aucune chose ne
recevait lumière, et lui-même avait perdu son ombre,
et lui-même était sans lumière.
Je dois absolument, pensa-t-il, partir à la recherche
de mon ombre. Peut-être trouverai-je ainsi le chemin
des rivages perdus?

Un regard le convainquit : c'était une ombre d'ombre.
Autour de lui régnait l'infertile mutisme; en lui, la
volonté absente. L'angoisse redoubla.

D'où me vient ce lambeau de certitude, s'étonna-
t-il, cette sensation de n'être pas moi-même une
ombre? Me reste-t-il une forme, quelque probable
parcelle d'être, ou ne suis-je plus qu'imaginaire,
vaguement vivant, abstraction plus ou moins vaine,
illusoire égrégore? Tout nom que je pose sur une
chose connue s'effiloche et s'éparpille comme sable
entre les doigts; les noms, les mots sont vides. Autrefois, choses et noms se rapportaient les unes aux
autres, tissant entre eux des liens infinis. Un escalier
reliait le sol à l'étage. Un mur entourait un jardin.
Une chaise avoisinait une table. Mais à présent, voici
qu'ils s'ignorent mutuellement, suspendus dans l'attente d'un sens qui ne vient pas.

Qu'est cette table massive, aux pieds de miel, fondant
lentement dans la chaleur d'une plage déserte?

Cette poupée sans bras ni jambes dans la poussière,
qui regarde le ciel?

Ces feuilles incolores, tombant d'on ne sait quel
arbre sans jamais se poser sur le sol?

Ce châssis de fenêtre au sommet des dunes?

Cet escalier vertical ouvrant sur le vide, au fond du
torrent à sec?

Ce vase précieux empli de cailloux blancs, qui trône
sur un roc au milieu de rien?

Si j'usais de ces objets, si je regardais à travers cette
fenêtre, si je jouais d'une de ces feuilles étranges, si je
gravissais l'escalier aberrant, cela mettrait-il un terme
à mon attente? Cela leur donnerait-il sens?

Tout à coup il eut soif. Soif des eaux pures de toutes

les sources de la terre. Soif de fleuves et d'isthmes. Soif de vie. Soif!

Ainsi, triompha-t-il, je ne suis pas la pensée illusoire d'un cerveau insituable, car une illusion ne saurait ressentir la soif! Je ne suis pas une ombre, car les ombres ne soupirent pas après les fontaines! Quel soulagement! Je vis. Je suis vivant. Je suis!

Il ne s'aperçut pas que tel raisonnement contredisait son répit. La soif aussi est illusion, lorsqu'elle est *monstre*. Il crut avoir redécouvert le désir : le désert de l'indifférence, en fait, l'avait entièrement envahi. Chaque fois qu'il imaginait faire un pas vers la source, il s'en éloignait de mille autres, comme l'avait prédit une déesse lointaine, si lointaine à présent.

L'offrande
d'un prisonnier du Temps

Soulagé, presque arrogant de nouveau, il se crut libre, le Grand Conquérant qu'avait envahi le désert de l'indifférence, qu'avait rongé le vent d'automne de l'angoisse. Libre de la succession des saisons. Libre des joies et des peines. Libre des attaches humaines. Et libre, par-dessus tout, de la chaîne des instants. Mais il ignorait toujours pourquoi il était condamné à ce désert, à cette angoisse. Il se rembrunit, songeant à la métaphore des perles et du collier, représentant la vie comme un fil qui, traversant au cœur les moments disparates du passé, leur donne perspective et sens : celui du collier à offrir, amoureusement, à la Reine du Printemps.

Je préparais un tel collier jadis, il y a si longtemps!

Le fil manqua de force. Les perles ont roulé dans la boue des chemins. Quelques-unes me restent, dépareillées, vaines. Comment pourrais-je jamais retrouver les autres?

Si la Reine du Printemps survenait soudain, moi, les mains vides, qu'aurais-je à lui offrir?

La chaîne de son temps était brisée. Les anneaux des instants, disjoints. Chaque moment qui passait ne le reliait à rien, à personne : il était enchaîné serré. A lui-même.

LA MORT DU MONSTRE

La révolte des damnés

Dans les ténèbres il ne pouvait se voir. Dans le sommeil, exister. Aussi n'éteignait-il jamais les lampes. S'endormir lui était redoutable. Les cauchemars l'étreignaient la nuit. Le jour, des visions le hantaient. Du fond de tout rampaient des démons qui allaient l'assaillir. Un oiseau immense fondait sur lui. On le jetait à terre. La pointe d'une lance venait déchirer sa poitrine. En sursaut, sueur, frissons et convulsions, il s'éveillait d'entre les mirages.

Lorsqu'une fois il oublia de se perdre et retrouver à l'infini dans la multiplication des miroirs, il ne rencontra, autour de lui, que ruine, abandon, décrépitude. Seul, tel un reptile hideux dans son antre, il fut dépossédé des instants et des êtres, n'habitant plus qu'avec des fantômes un palais où rôdait l'angoisse.

Des bruits étouffés, des chuchotements, des pas qui s'éteignent, des grincements, le vol d'un vampire sous le dôme de la salle aux miroirs, voilà quels furent ses compagnons d'alors, ses ultimes signes de vie. Jusqu'au moment des profondeurs. Jusqu'au moment des voix : des souterrains et oubliettes du palais, commencèrent de monter des râles, des cris, des hurlements.

Fracas de chaînes, clameurs : tout annonçait furie, ravage, paroxysme. Une voix étrange émergeait du charivari. Une voix rude, qui s'adressait à lui. De menace, mais calme, mais résolue. Une voix que rien n'apitoierait.

Souviens-toi, lui dit-elle, souviens-toi :

Dès le début, tu nous as éloignés de la vie et toute ta vie tu nous as détournés de la source.

Lorsque tu es venu en Conquérant, lorsque tu as confisqué notre insouciante Cité, souviens-toi comme nous t'avons reçu, comme nous t'avons confié nos cœurs.

Tu as dit avoir nom : Moi.

Tu as dit : Moi, maître du monde... Et nous t'avons cru. Moi, centre de l'univers. Et nous t'avons cru. Moi, essence divine. Et nous nous sommes prosternés.

Et les *nous*, les *vous*, les *tu* furent supprimés, en sorte que toutes et tous fussent abîmés dans ton Moi. Et toutes et tous, fascinés par ce Moi, ont déclaré se nommer *moi*.

Dès le début les décors t'intéressaient, non les fondations. Les étages supérieurs, non les salles basses. Les miroirs à ton image, non les tableaux.

Entièrement à ta tyrannie, tu as domestiqué, réduit, rasé : ainsi des intuitions, des élans, des émotions, des passions, de tout ce qui prenait figure de poésie et de liberté. Ceux qui osèrent murmurer, tu les as exécutés, bannis, ou jetés aux oubliettes, au gré de tes humeurs.

Parmi nous, il y eut ceux qu'une raison glaciale, qu'une sagesse de calcul inclinèrent à devenir tes abominables suppôts, qui formaient à la fois ta police et ton culte.

Moi, ô Maître, ô Roi !

Tu as transformé l'existence en destin.

Tu as tracé la voie de la puissance et de la gloire.
Tu as accompli l'aridité.
A chaque retour de guerre, tu clamais :
J'ai détruit des routes. J'ai brûlé des ponts. J'ai coulé
des navires. J'ai anéanti!
Nous t'avons adoré, ô stratège de génie!
Et tu accomplissais l'aridité.

Les insoumis jetés aux oubliettes, eux, les connaissants de la source, étaient plus riches que toi. Leur long séjour dans tes geôles et ténèbres, hélas, les ont métamorphosés. Ils ont pris peu à peu visages infernaux. Le sentiment jadis connu sous le nom d'amitié abrite maintenant la haine. La puissance d'amour est devenue angoisse. Et l'instinct de vie, la Reine vêtue d'émeraude, est désormais couverte de noir : on l'appelle Ange de la Peur.

Sagesse et raison, exsangues de t'avoir tant servi, ne pourront plus garder fermées les portes des cachots, ni contenir l'extrême révolte des damnés.

Des profondeurs du palais montaient les clameurs, le tumulte, le déchaînement.

Vacarme pour l'inconnu, colère pour quelqu'un.

Une fête monstrueuse se préparait : l'Ange des Ténèbres en serait l'idole.

Enfin le Grand Conquérant comprit : la destruction définitive était en marche, qui surpasserait en ferveur, en horreur, en méthode tout ce qu'il avait pu lui-même accomplir dans cette voie.

L'Ange des Ténèbres

Vint alors la perte du visage.

Au miroir, il ne se retrouvait plus.

L'image, floue, appelait dissolution.

La Grande Dame arriva.

Elle franchit sans effort la porte de la Cité.

Un voile en fil de flammes lui masquait à demi le visage, et sa longue robe de ténèbres faisait ondoyer la poussière dans un chatoiement de fibres de fumée.

Infiniment gracieuse, d'une grâce qui glaçait le cœur.

Merveilleusement belle, d'une beauté qui cassait l'espoir.

Elle gravit lentement les hauts escaliers.

Sans frapper, elle entra chez le Grand Conquérant.

Était-il prêt pour sa visite?

L'Ange femelle lui tendit les bras. D'un mouvement gracieux de la tête, elle désigna un point à l'horizon :

— Lève-toi, dit-elle, viens. C'est l'heure.

Le Grand Conquérant eut un geste de recul.

— Moi, hésita-t-il, je préfère rester. Avec les murs. Avec les lampes. Avec les autres...

— Quels autres? Quelles lampes? Quels murs? Ne sais-tu pas la Cité déserte, la nuit définitive, la faille sans rémission?

— Mais pourquoi partir si vite? Je n'ai pas eu le temps de vivre. Je n'ai pas encore découvert le bonheur. Moi-même, je ne me suis pas trouvé. Laisse-moi me préparer, laisse-moi tenter un ultime voyage en arrière, que je rencontre enfin mon être. Ensuite, je te le jure, je serai prêt, prêt à te suivre où tu voudras.

L'Ange ironisa :

– Ne vois-tu pas, ô amour, qu'il se fait déjà tard?
A quoi bon ton voyage au passé? Pour courir une fois
encore les mêmes mirages, les ombres, les déserts?
– Écoute! Il y a une voix... Je l'entends. Quelqu'un
m'appelle. Un message m'attend...
– Ô amour! Je suis ce message et sa messagère. Hor-
mis moi, personne au monde en cet instant ne te
réclame, personne ne t'appelle, personne ne te cherche.
La voix que tu entends gémit. C'est le vent d'automne.
Il pleut.

– Non! Je veux revoir le lac, trouver la barque dans
les roseaux, atteindre l'autre rive, m'oublier un peu
moi-même et vivre, vivre enfin quelques instants!
– T'oublier? Te trouver? Qui? Et quoi? Un champ
de bataille, ô amour, quel qu'en soit le vainqueur, reste
une étendue dévastée. De toute ta vie tu as fait guerre.
Tu as détruit des routes, brûlé des ponts, coulé des
navires. Tu as anéanti, et accompli l'aridité. Tu es le
Grand Conquérant vaincu par ses conquêtes. Il n'y a
désormais ni ponts, ni routes, ni vaisseaux pour toi.
L'unique chemin d'oubli, l'unique voie de vie est celle
que je t'offre, où tu seras libéré de ton enfer.

Le Grand Conquérant, pour la première fois, vit
clairement la roue du destin, qui jamais ne revient en
arrière. Il prit soudain conscience, limpidement, d'une
réconciliation, d'un soulagement, d'une liberté sans
choix. Il n'avait d'autre issue que l'Ange, et le royaume
des ombres.

Il se leva.
La Reine illimitée de la Nuit lui prit la main.
A travers ruines et décombres, elle l'entraîna vers
l'Inconnu.

CYCLE II

LE RETOUR DU MONSTRE

LA CAVERNE

Il était une fois,
   telle une perle sortie des flots, aimée de la Déesse
de la Sagesse, assurée de la protection divine, resplen-
dissante de beauté face à l'océan :
   une belle et prospère cité maritime.
Il était une fois,
   parmi ses habitants, un sage entre les sages. Il fut
jardinier de la Déesse. Il avait fait germer, dans le
jardin exquis, un arbre multicolore, tout de parfums,
aux racines insondablement terrestres, aux fruits profondément célestes.
   Il fut un jour...
   où ce sage parmi les sages tint ce langage à ses
disciples :
   — Amis, sachez que l'homme est prisonnier de la
Caverne du Mystère. Enchaîné face au mur, incapable
de tourner la tête. Au-dehors, un feu brûle, qui projette
formes et ombres mouvantes sur cette paroi, et le prisonnier y croit voir des êtres. Mais seul celui qui rom-
pra ses chaînes et se libérera de la Caverne contemplera
la vraie lumière dans sa splendeur.
   Ainsi parla l'antique sage.

Mais moi-même, Voyageur de Minuit, je doute.

Je ne pense pas que le jardinier de la Déesse ait ouvert à ses disciples une vraie voie pour la vérité.

Toute une longue vie d'errance à travers océans et plaines, vallées et hautes cimes, rocailles, sables et déserts,

j'ai vu se dévoiler bien des secrets, bien des énigmes.

J'ai vu les prisonniers de la Caverne et comment, un jour, ils brisèrent leurs chaînes et se précipitèrent au-dehors.

Le spectacle qui les attendait : une désolation.

L'horizon : de la ronce.

L'étendue : morne.

Un torrent à sec depuis la nuit des temps.

Une terre infertile, et la semi-obscurité d'une lourde fin d'automne.

Ils cherchèrent, mais ne trouvèrent aucun feu.

Ils explorèrent, mais ne rencontrèrent rien, ni sur terre ni au ciel. Pas la moindre brillance au loin. Pas trace d'étoile. Pas signe de vie.

Le ciel, vide et noir, ne les attendait pas.

J'ai su alors, comme eux.

J'ai su que la source de toute lumière, si jamais source il y a, doit se cacher au plus profond. Dans les insondables abîmes.

Au cœur même
de la Caverne.

VERS LES PORTES DE L'AURORE

L'Étranger
qui viendrait de loin

Ainsi méditait-il, toujours assis face à l'entrée de la Caverne, le Voyageur de Minuit, l'observateur des longs chemins. La lutte des ombres et de la lumière, des profondeurs et des hauteurs, ces batailles sans vainqueur, ces départs comme des conclusions, lui évoquaient la vanité des choses. Pourquoi tant de hâtes confuses, d'impatiences répétitives ? Pourquoi l'espoir fugace et la lueur passagère ?

Un jour, pensa-t-il, un Voyageur viendra. Il fera halte en ces lieux. Au cours de son repos, il me racontera... L'histoire de son errance. La légende des rivages perdus. Et j'aurai tant à lui demander, tant de questions pour son expérience, tant de ferveur pour sa parole !

Ô ami étranger, lui dirai-je alors, toi qui as franchi des mers, des continents, et laissé derrière toi maints pays insolites, dis-moi :

N'as-tu jamais, au cours de ton périple, un soir, au crépuscule, près d'un village de poussière, rencontré la Voyageuse à la robe émeraude, portant cruche d'eau limpide et pure sur la tête ?

Ne t'aura-t-elle pas confié message pour son exilé?
N'aura-t-elle pas fait allusion aux rivages perdus?
Je crains, ô ami étranger, d'être en retard à son
rendez-vous. Je crains que patience ne lui ait manqué.
Dis-moi : la retrouverai-je jamais?

Il est vrai, répondait l'errant, que ta question éveille
en moi souvenir de claire énigme.
Au cours de mon périple, au crépuscule, un soir,
près d'une bourgade de poussière,
alors que j'approchai, épuisé, assoiffé,
je rencontrai une femme
infiniment belle,
à la chevelure de lumière d'or, vêtue
de cette ample robe verte, surannée, dont tu parlais.
La cruche d'eau limpide à ses pieds, la tête ornée
d'une couronne de fleurs passées.
Elle me dévisagea longuement, en silence.
Elle plongea son regard au fond de mes pupilles
comme sans me voir.
Elle cherchait quelque chose, plus loin.
Elle souleva la cruche et moi, l'assoiffé, je tendis mes
mains en prière.
Dans mes paumes, elle versa la fraîcheur.
Sur ma face, elle versa fraîcheur.
Pour le feu de ma gorge, fraîcheur.
Elle souriait légèrement.
Ma fatigue avait fui, et la soif, et l'épuisement.
Comme il convient à un errant, je la remerciai en
silence et m'inclinai longuement devant elle, puis je
repris ma route.
Lorsque je me retournai, au loin, pour oser la
contempler une dernière fois,

la belle à la robe émeraude, à la couronne de fleurs
passées, à la cruche d'eau limpide et pure,
celle qui versait fraîcheur,
se tenait toujours au bord de la route, droite dans
le crépuscule, fixant l'horizon comme sans le voir.
Elle cherchait quelque chose, plus loin.
Elle attendait quelqu'un.

Le Voyageur de Minuit haussa les épaules. Ce dialogue imaginaire devait prendre fin. Aucune route ne
conduisait jusqu'ici, jusqu'à l'entrée de la Caverne. Et
nul voyageur, nul errant prophétique n'arriverait. Et
si, par extrême hasard, un égaré parvenait en ces lieux,
sa soif lui conseillerait-elle de faire halte près du torrent à sec?

L'adieu au Guide

Je me suis égaré.
J'ai longtemps parcouru des sentiers détournés.
J'ignore à quel moment je me suis égaré.
Je sais seulement qu'il en fut ainsi, nécessairement
ainsi.
Un vieil ami très sûr
était mon compagnon de route : il connaissait les
voies
et j'avais foi en lui.
Je l'ai suivi de tout mon cœur, et moi, Voyageur de
Minuit,
je me suis égaré.
J'aurais dû me douter pourtant.

A certains signes mon compagnon se trahissait.
Lui seul, en fait, était le but
vers quoi nous cheminions.
Lui seul, parmi les autres, importait.
Lui seul, le centre de son attention.
Et je me suis égaré.

Un jour, soudainement, le voilà silencieux, bouche
cousue devant son erreur.
Il avait ouvert, le guide en confiance,
une voie sans issue.
Et moi, aveugle de le suivre, je me suis égaré.

Minuit approche. Il faut que je lui parle :

Ami de longue haleine, compagnon
de la folle errance,
voici l'heure, le départ, et voici nos adieux.
Amitié, fidélité, confiance, ami de longue haleine,
tu m'es témoin que je n'y ai jamais manqué
à ton égard.
J'allais où tu allais.
J'accomplissais ce que tu accomplissais.
Je vivais ce que tu pensais.
Tu disais : Moi, centre de l'univers,
Moi, maître absolu sur terre,
Moi, essence divine,
et j'approuvais, j'approuvais. Je t'ai suivi
si loin de la source de vie! Maintenant, va,
je n'en peux plus,
mes jambes se déchirent,
j'ai des buissons d'épines en lieu de pieds.
Va —

je dois stopper ici.
Nul reproche, nulle plainte, nul cri.
Et notre adieu : l'éclair –
ne vois-tu pas à l'horizon l'ombre d'un grand oiseau ?
Un coup d'aile immense va balayer le monde.
J'entends les prisonniers au fond de la Caverne.
C'est la révolte. Elle grouille. Elle monte
à la rencontre de la Reine de la Nuit, qui vient
pour te guider vers l'Inconnu.
Va –
je t'attendrai,
jusqu'à ce que la porte de minuit s'ouvre,
je t'attendrai.
Jusqu'à la porte de minuit,
pas au-delà.
Et lorsque s'ouvrira la porte de minuit,
je reprendrai la route
vers les clairières de l'aurore.

Ainsi le Voyageur de Minuit eut-il à se séparer de son unique compagnon. Nul reproche, nulle plainte, nul cri – mais dans la solitude, ensuite, l'irrésistible flot de nostalgie et de larmes.

C'est ainsi, songea-t-il, et c'est bien ainsi. Jusqu'à l'aube je penserai encore à lui, parti pour l'Inconnu avec la Reine de la Nuit.

C'est ainsi, et bien ainsi. En ce désert, nul regard, nulle écoute : je peux pleurer, gémir, affronter la séparation. Nécessité, clarté cruelle! Ainsi, et bien ainsi. Personne ne versera sur cette blessure l'acide de la sympathie. Personne, pour le poison de la pitié.

La clef sous la douleur

Tel le loup du désert il se mit à hurler.
Au cœur de la nuit, il dépassa les sanglots et lamen-
tations : il hurla.
Une force torrentielle, une clameur de démence, un
cataclysme de colère et de désespoir, en vagues abruptes,
en tourbillons s'abattirent, en lui, sur lui : il hurla.
Il hurla haine de la vie.
Il hurla haine du destin.
Il hurla douleur et rage et vanité.
L'ouragan approchait.
Les damnés haletaient dans les ténèbres.
Ils rompraient leurs chaînes.
Ils dévasteraient tout.
Puis,
lentement,
les larmes refluèrent,
un rideau se leva –
puissance de la douleur ! La secousse avait été si dure,
si profonde ! Un barrage, en lui,
avait cédé. Les eaux
d'en dessous, les eaux
du fond des âges et de la nuit,
déferlantes, avaient submergé, infiniment noyé
ses cités intérieures, les déserts de ses routes,
les plaines de son errance.
Ainsi la source de vie, l'insaisissable,
l'à jamais disparue,
avait jailli.

Ainsi les amoureux de la liberté, les insoumis, les révoltés,
ainsi les esprits des bois et des fougères, des rivières, des abeilles
avaient jailli :
la clef, l'invisible clef, gisait sous la douleur.
Comme la clarté de l'aube déchire les velours de la nuit,
ainsi se dénouèrent les toiles d'araignée de son être illusoire.
Comme le feu couve au bord de la grande étincelle,
ainsi s'évada-t-il de ses propres cendres.
Comme le serpent abandonne sa vieille peau sur une fourmilière,
ainsi déposa-t-il son ombre froide face à l'entrée de la Caverne.

OÙ NAISSENT LES DRAGONS

Nuit sans fin

Il attendit.
Il attendit la porte de minuit.
Il attendit que s'ouvre enfin la voie.
Il attendit au-delà.
Il attendit l'aurore.

Il recueillit
les heures, dilatées.
La nuit, sans limites.
La vaine attente.
La non-lumière.

Alors il sut.
Jamais, du fond des horizons,
ne surgirait l'errant prophétique, le voyageur
dont l'index pointerait à l'infini
le but, incandescent,
la voie, transparente,
la lumière, inaccessible.
Il sut alors
le chemin unique,

et ce qu'il avait à faire,
ce qui restait :
aller droit dans l'antre même des ténèbres.

Il sut que la source de toute lumière,
si jamais source il y a,
se déploie dans l'insondable – au cœur
de la Caverne.

Il ne sut pas comment il se mit en marche.
Comment il franchit le seuil sous l'œil aigu
de milliers de chauves-souris.
Comment il dépassa la voûte
aux toiles d'araignées géantes.
Comment toute peur le déserta.

Pas à pas il descendit les larges dalles, la pente
ralentie, le sol inconnu; il descendit dans une matière
tiède et molle, sans couleur ni odeur, aux limites invi-
sibles, aux parois de pure brume.

Plume légère en chute libre, entre vibration
et balancement il descendit
avec lenteur extrême
vers les abysses – longue
descente! Seule,
aux tréfonds,
brillait une très-faible, incertaine
et vacillante lumière.

Il descendit
avec lenteur extrême
et nul bruit

nul rugissement démoniaque
nul galop de chevaux ivres
nul déferlement de hautes lames de furie
comme là-haut.
Là-haut —
rien
qu'une longue descente, et moelleuse, ô abysses!
Rien que calme, douceur, et réconciliation.
Nul bruit, des brumes blanches,
des fantômes de nielles,
des spectres de brouillard.
Mouvements.
Mouvements vagues de mouvement,
allant, survenant en volutes, se dissolvant
sans hâte,
estompant leurs formes,
esquivant l'angulaire —
vie du secret sans clef.
Vie translucide, floue et claire à la fois :
une.
Une, en liberté d'aller, venir :
volutes, estompes.
Une, dans la descente en plume.
Une, vers les tréfonds où brille
la très-faible, la vacillante, l'incertaine.

Stupeur du lac

Plus loin, longtemps
un lac immense lui apparut, un lac
entre rouille et tourbe :
eau boueuse, eau fétide, grouillante de milliards

de vers enchevêtrés, rougeâtres, immondes.
Il regarda.
Il observa de près l'horreur
qui s'entredéchirait, s'entredévorait,
fascinante.
De l'ignoble festin sortait inéluctablement
un vainqueur, un ver
un peu plus fort, un peu plus acharné,
qui devenait poisson,
qui se faisait serpent,
qui finissait par ne ressembler à rien,
à nul autre que lui dont la faim
s'attisait à mesure qu'il déchiquetait,
dont la soif s'enflammait
en se gorgeant de sang,
qui se trouvait pattes, griffes, ailes,
et mâchoire, formidable mâchoire de fer,
deux yeux comme des coupes de sang,
et souffle d'embrasement,
naseaux de forge en feu.
Et le lac infect ne le contenait déjà plus.
Et il allait se mettre en route pour le monde,
traverser les brumes blanches,
remonter la voûte aux chauves-souris géantes,
trouver la bouche de la Caverne,
émerger,
déferler sur les villes et les hommes!

Il contempla, le Voyageur de Minuit.
Stupeur, tristesse.
Pourquoi devait-il en être ainsi?
Quel sens, quel sens?
Ultime et naïve question.

Étincelle des cendres.
Il ne se la posa plus. Jamais.
Seule, aux tréfonds, brillait
la très-faible, l'incertaine, la vacillante.
Il se dirigea résolument vers elle.

Voyage
dans le Livre du Temps

Plus il avança, plus s'éloigna
la très-faible, l'incertaine, la vacillante
lumière.

Il ne comprit pas, le Voyageur de Minuit :
disparus, le ciel et la terre,
disparus, l'espace, le temps.
L'avenir et le passé tout entiers
dans l'instant.
Les distances sans bornes brûlant
en seul point, et le haut
et le bas, le proche et le lointain !
Le Livre du Temps, sans commencement ni fin,
feuilleté
d'un seul mouvement, ouvert sur une page,
une seule page qui fut milliers,
pour refléter l'univers entier,
des particules aux galaxies.
L'instant rendu enfin à son éternité, tout
existait, tout
s'anéantissait !
Brumes de cosmos, soleils sans nombre,
tournoiements, fulgurances jusqu'au cœur

des atomes,
danse de flambeaux à l'infini,
fêtes des nuits et des jours,
archipels de cristal, océans,
fleuves, rivières dans leurs sources...
Et comment le flux, la vague,
la dérive des mondes,
et comment ils venaient, les faits,
pour se dissoudre,
et comment, sur la page de l'espace,
dans le Livre du Temps,
rôdait, à peine voilée sous l'aile
du mouvement,
une seule vérité,
un unique péril,
comme une énigme sans merci.
Partout, le même destin.
Au-delà des rivages du temps flottait
le vide inhabité.
Au centre d'une poussière, un océan aberrant
où erraient d'autres univers, comme pressant
la perle noire de la densité,
comme ravaudant à l'avance des ponts,
des ports, voiles et mâts,
comme ressassant à satiété
une seule vérité,
un unique péril —
énigme sans merci, ah naufrage!
Perpétuels récifs de l'absurde,
de l'absence, du non-sens!

Il franchit la page.
Il passa, repassa les seuils de l'impossible :

partout le même mur sans murs,
partout l'absurde, l'absence, le non-sens.
Il sut, le Voyageur, ou il se crut savoir :
jamais il n'aurait dû savoir.
Jamais accéder au secret.
Jamais tourner la clef.
Le monde, la vie mangés par leur absence.
La vie, le monde, naufrages aux rives :
de l'absurde. Le monde, la vie
n'avaient pas sens.
Et encore moins de sens
la recherche d'un sens.

La vitesse, le retour

Il ne sut pas ce qui lui arriva.

La Caverne avait disparu, et les brumes blanches.

Il avait souvenir vague d'une longue descente, d'un tunnel, d'une très-faible, incertaine, vacillante lumière.

Soudain il fut en une vaste plaine, dans la clarté, courant, courant de toute sa force.

Les distances innombrables, les étapes, les haltes, les stations, les cercles, les demeures, il dépassait tout; il laissait l'immobile en arrière. Dans l'urgence, dans la flèche, nécessité soulevait. Nécessité soulevait sa course. Il courait, le Voyageur. Sous le plomb de midi, il courait.

La Ville ne savait pas. La menace, la monstrueuse menace était en marche. Arriverait-il à temps?

Les citadins, leur insouciance, que n'entendaient-ils le message des contes et légendes dont ils se faisaient délice, frayeur enfouie, exorcisme familier?

Les chemins de traverse, les taillis, les buissons d'épines, les pierres coupantes ne le ralentissaient pas.

Il courait en géant vers la Cité de son âme.

LE VOYAGEUR DE MINUIT
DANS LA CITÉ DU SILENCE

Celle qui verse fraîcheur

Étincelèrent à l'horizon les coupoles et les tours.
Telle une île inespérée, la Cité scintillante émergeait
enfin du désert.

Le Voyageur alors comprit qu'il avait faim, soif :
lèvres gercées, face de sable, et grande fatigue. Il cessa
de courir. Il marcha. Il avança comme il convient à
un errant. Enfin, à l'heure d'entre chien et loup, il La
vit.

Au bord de la route poussiéreuse, assise sur un mon-
ticule, une cruche d'eau à son côté, portant robe en
lambeaux surannée où se lisait encore un coloris d'émeraude, une couronne de fleurs pâlies sur sa longue
chevelure d'or, elle le dévisagea. Longtemps. Le traversa au centre des yeux. Un très léger sourire faisait
source à ses lèvres. Elle semblait être là depuis l'aube
des mondes. Elle attendait, depuis la nuit des temps,
        les rivages perdus, à travers ce rayonnement de joie
silencieuse,
        les rivages perdus, à travers ce regard immense,
        les rivages perdus, à travers ce cristal...
        Elle souleva la cruche. Il fut à genoux,
        mains en prière.

Et il reçut fraîcheur.
Elle versa longuement. Pour ses mains en prière.
Pour sa nuque, son front, ses yeux. Pour sa gorge
brûlante et sa soif absolue. Fraîcheur. Fraîcheur!
L'épuisement disparut. La douleur disparut. L'ur-
gence disparut. La pureté murmura. Hafiz :

L'Adorée, la Lointaine
Est à la maison
Et moi, errant, je la cherche
au bout du monde.
L'eau transparente
Est dans la cruche
Et moi, errant, je cours la bouche en feu.

Plus tard, des gens lui révélèrent ce nom :
La petite mendiante? Avec sa cruche au bord de la
route?
Elle s'appelle Leïla.

La vieille histoire
et le Fou

Lorsqu'il arriva devant la Cité, le Voyageur lui
découvrit murailles, créneaux et meurtrières, tours,
donjons, douves saumâtres, portes à pont-levis, herses
impressionnantes. L'inquiétude le prit.
Pénétrant dans la Ville par la porte de l'Est, il fut
surpris de ne rencontrer âme qui vive. Demeures closes,
rues désertes, un complet silence régnait.
Débouchant d'une ruelle au détour de nulle part,

s'appuyant sur une canne, apparut enfin un bossu aveugle. Le Voyageur de Minuit lui demanda :

— Ô ami, où sont les enfants d'ici? Je n'entends ni jeux ni rires.

Le bossu aveugle eut un ricanement :

— Ta sotte question m'indique que tu es étranger. Ainsi, tu ignores les usages d'ici? Sache, ô étranger, que dans notre Cité les enfants ne sortent pas sans raison, ni ne jouent à toute heure. Notre Seigneur les fait éduquer à l'intrépide : ils doivent devenir des guerriers, des soldats fidèles jusqu'à la mort.

Le Voyageur, à ces mots, vit la confirmation de ses craintes. Une profonde tristesse s'abattit sur lui. Il n'était pas arrivé le premier. Plus loin, il croisa quelques femmes. Voilées, vêtues de noir, elles rasaient les murs et marchaient vite, comme redoutant le pire. Sur la place centrale, un palais de marbre se dressait, que jouxtait un temple massif. Des centaines de personnes s'y trouvaient réunies, dirigées par un vieux prêtre à l'habit jaune.

Le Voyageur de Minuit éclata de rire : la même vieille histoire, ses lamentables grimaces! Il avait certes atteint son but, mais trop tard. Le Monstre l'avait devancé. Le Dragon avait déjà fermement planté ses griffes au cœur de la Cité.

Au milieu de cette foule, il comprit soudain qu'il détonnait. On commençait, çà et là, de le considérer étrangement. Les femmes présentes détournaient la tête et s'éloignaient. Les hommes avaient une expression d'incrédulité ahurie, voire de réprobation. Le Voyageur de Minuit n'était pas en règle avec les usages; le Voyageur de Minuit était extravagant. Au cours de ses longues pérégrinations, une barbe sauvage lui était poussée, ainsi qu'une chevelure de désordre qui lui tombait sur les épaules. Le soleil et les ronces avaient eu raison de ses lambeaux de vêtements : le Voyageur était extravagant, hirsute, et nu. Il y avait si longtemps qu'il ne savait plus ce qu'il fallait cacher, ni pourquoi, ni à qui. Ce qu'il avait découvert répugnait à l'enveloppement, au mystère, à l'artifice des conventions. Ce qui le guidait exigeait clarté, vérité, dévoilement.

Au-delà de l'étonnement, on le supporta cependant. On s'accorda pour le supposer fou. On le nomma Madjnoûn. Il pleurait quand ils riaient. Il riait quand ils pleuraient. Lorsque le tout-puissant Seigneur, lance en main, épée à la ceinture, tout de noir harnaché, revenait d'une de ses expéditions guerrières, droit sur son monstrueux cheval, la population, de part et d'autre de la route, l'acclamait et lui faisait triomphe, applaudissant, riant, et se disposant à fêter l'événement. Le Voyageur, alors, pleurait.

Lorsque quelque amoureux de la liberté, çà et là, avait versé dans la révolte et qu'on l'emmenait couvert de chaînes vers les Oubliettes, les hommes faisaient silence, et les enfants et les femmes se lamentaient à la dérobée. Le Voyageur, lui, riait aux éclats : la même vieille histoire, ses lamentables grimaces!

Évidemment, il était fou.

Ils chassaient les oiseaux pour les manger.

Ils cueillaient des fruits, cassaient des branches, coupaient des arbres.

Ils avaient grand souci d'être ensemble, et du bien et du mal. Ils ne cessaient d'en parler.

Le Voyageur de Minuit aimait à se retirer, à s'isoler, se taisant des jours entiers.

Il se laissait captiver des heures durant par la grâce

d'un feuillage. Il goûtait sa danse dans les bras de la brise. Il ne se lassait pas du chant des oiseaux.

Il était fou, évidemment.

Certains pensèrent à l'enfermer.

D'autres s'y opposèrent. Il était fou, pour sûr, mais nullement dangereux ni susceptible de faire du tort à quiconque. Il divertissait les enfants et les simples. Et puis, il contait bien, le Madjnoûn : ses histoires, ses délires de fou déclenchaient l'hilarité.

Seuls les enfants étaient attentifs au fil secret de ses récits.

Seuls, ils écoutaient avec l'âme.

Seuls ils trouvaient sens où les autres riaient.

Plus tard pourtant, devenant adultes à leur tour, ils commençaient à rire niaisement, et à clamer qu'évidemment il était fou; fou comme un fou qui parle; fou comme un fou qui délire.

Il leur disait, il est vrai, des choses déroutantes :

Ô amis! Je reviens de contrée lointaine et de nuit sans fin.

Je reviens de la patience hors temps, du mouvement sans espace : je suis libre de sens.

Le monde, la vie ne font pas sens.

Ni ne saurait faire sens la recherche d'un sens.

Étrange liberté que la mienne : je ne découvre rien, je crée. Je suis un infatigable créateur de sens.

Et la très faible, l'incertaine, la vacillante lumière au fond de la Caverne

n'a pas encore fait déferler son feu sur les plaines,

et les rives du grand fleuve au-delà du temps ne sont pas encore connues,

que je vous dis, moi :

le sens de l'être a nom
Leïla!

Vous en doutez, amis : allez la contempler.
Voyez la belle, la mendiante, celle qui verse fraîcheur.
Voyez Leïla partout avec les yeux du cœur –
et vous saurez comment
les couleurs de mes mots sont empruntées à l'éclat
de ses lèvres,
comment le flux de ma bouche descend de sa chevelure,
comment l'azur des mers palpite dans ses yeux,
comment la pure intuition est perle noire de ses
pupilles.
Voyez la belle, la mendiante, celle qui verse fraîcheur,
voyez Leïla partout avec les yeux du cœur!

Et ils disaient qu'il était fou, évidemment. Fou
comme un fou qui parle. Comme un fou qui délire.
Comme un fou d'amour fou.
Et ils se divertissaient à ses dépens, avec questions
méchantes et naïves, avec pièges grossiers pour abuser
sa foi. Le Voyageur n'en prenait pas ombrage et leur
montrait toujours une souriante douceur :
– Ô Madjnoûn, lui lançaient-ils, parle-nous de Leïla!
Sais-tu seulement où elle se trouve en cet instant?
Non, ne parle pas : cours! Une belle litière de soie
pourpre, un palanquin incrusté de diamants, un cha-
meau blanc qui la transporte, et Leïla déjà s'en va en
robe de hautes noces, et toi, que fais-tu donc?
– Ô amis, j'ai rejoint le port. Désormais il ne sera

plus trop tard. Désormais n'est jamais plus tard. Où est Leïla? Leïla est avec moi partout et vous ne la voyez pas. Leïla est en moi, sur le palanquin aux diamants de ma poitrine, en robe de hautes noces dans la soie pourpre de mon cœur, et tout mon être est son royaume, et mon âme est son trône!

— Mais pourquoi, disaient-ils encore, écoutes-tu si longtemps le chant des oiseaux? Pourquoi regardes-tu des heures durant les feuilles d'un arbre bouger dans le vent? Pourquoi restes-tu seul, à l'écart, des jours entiers, sans te lasser ni t'ennuyer?

Et lui de répondre :

Ô amis, tout cela est plénitude de Leïla.
Leïla dans sa splendeur est astre
et son rayonnement.
est sens — ultime, unique, inaltérable.
Les oiseaux? Ils me chantent ses louanges.
La feuille qui vibre dans le vent? Sa robe émeraude
qui danse pour la joie des printemps à venir.
Le bruit infime que j'écoute, seul, retiré du monde?
Ce n'est que ton cœur qui bat, me direz-vous?
Mais je vous dis, moi :
c'est la marche triomphale de Leïla!
C'est le rythme absolu du pas de Leïla!
Le son de l'Être en son royaume!

Et ils disaient qu'il était fou, évidemment. Comme un fou d'amour fou. Et bien plus fou encore qu'on ne le croyait, et sans doute amusant mais vraiment fou à lier.

La Taverne des Innocents

Aux environs de minuit, le Voyageur errant à travers la Ville endormie entendit un soir bruit de fête furtive, avec rires et chants étouffés, en provenance d'une ruelle obscure. Intrigué, il se rendit au fond de la venelle. Derrière une maison délabrée, il découvrit un vieil escalier ouvrant descente sur un souterrain poussiéreux.

En bas, au bout d'un tortueux couloir, il trouva une porte; il frappa. Les bruits, les rires, la musique cessèrent. Il attendit. Enfin on entrebâilla un judas. On le reconnut : lui, le Madjnoûn, on l'accueillerait volontiers. Il pénétra dans une vaste salle. Le plafond, très haut, se perdait dans la pénombre. Les lampes tamisées laissaient entrevoir des murs de grande époque, des tapis richement usés, des colonnes de bois grossièrement sculptées – un mélange de goût ancien, de décadence et de laisser-aller. Au centre un groupe de jeunes gens, filles et garçons, jouaient de la musique. Les pourtours de la salle, garnis de sofas et de coussins, offraient alcôves à des couples, à des groupes qui bavardaient, riaient, ou s'enlaçaient, les uns semi-vêtus, les autres nus, dans une atmosphère de tranquille lubricité. Partout circulaient les coupes, et l'on renouvelait régulièrement les carafes. Çà et là des bris de verre, des auréoles mauves de vin renversé souillaient le sol. Adossés au mur du fond, d'énormes tonneaux ouvraient silencieusement leur œil rond sur l'orgie. Le Voyageur de Minuit fut reçu avec enthousiasme :

– Sois le bienvenu, ô ami Madjnoûn! Cette demeure

est la tienne! Ici nous sommes tous ivres, amoureux et fous, comme toi! clama quelqu'un – un tumulte d'approbation applaudit ces paroles.

Le Voyageur laissa l'assemblée s'apaiser, saluant toutes et tous en silence, main posée sur le cœur, puis :

Ô hiboux clandestins des ruines!
Ô rats des souterrains fétides!
Ô délirants sans folie, luxurieux sans bonheur, ivres sans liberté!
Pourquoi cette éclatante joie se dissimule-t-elle dans les décombres?
Quelle est cette ivresse folle qui a besoin de pénombre?
Pourquoi, en cette Cité, cache-t-on ce qui doit être su?
Pourquoi y dévoile-t-on ce qui cherche secret?
Pourquoi, en pleine lumière, la peur, l'hypocrisie, l'agenouillement au temple?
Pourquoi, dans les recoins et les ténèbres, tant de désir d'amour et de liberté?
Ô doux amis! Ô innocents! Dans la tête des hommes il y a
de l'image, du libre, du pur élan –
quelles têtes avez-vous donc, qui ne savent former ni folie ni liberté souveraine?
Ne vaudrait-il pas mieux marcher avec, puisque vos pieds déjà refusent de vous porter?

Des ricanements, des rugissements, des clameurs de plaisir accueillirent ce provocant discours.

— Tu as mille fois raison, ô Madjnoûn! Nous nous traînons, nous nous vautrons : marchons donc désor-

mais sur la tête! Vengeons-nous d'elle, épuisons-la,
cette tête que nous avons, cette tête qui nous fait mal
– qu'elle serve au moins à quelque chose!
Quelqu'un lui offrit une coupe de vin. Il en goûta,
et le trouva fort grossier. A vrai dire même, fran-
chement mauvais. Prêtant l'oreille à la musique des
jeunes gens, il lui apparut qu'elle était dissonante,
jouée gauchement sur des instruments de piètre fac-
ture. Il en demanda la raison. Les innocents la lui
donnèrent...

Autrefois la Cité regorgeait de tavernes et de vins
précieux, de musiciens de grand talent, d'instruments
raffinés. Tous avaient disparu sur ordre du Seigneur,
ainsi que sitars, vins et tavernes. Car les gens ivres
menaient tapage et ne se contrôlaient plus; une fois,
certains dans leur délire avaient voulu incendier le
palais. Car les musiques et les danses exerçaient une
telle fascination que beaucoup délaissaient le temple.
Alors les tavernes furent rasées, les tonneaux éventrés;
le sang rouge de la vigne s'en alla enivrer la terre
noire. Alors les instruments de musique subtils et raffinés furent broyés et jetés aux douves. Alors musiciens
et chanteuses, artistes et amants de la liberté furent
enchaînés et relégués aux Oubliettes. Nous, leurs fra-
giles héritiers, nous nous réunissons secrètement et
tentons d'organiser en leur mémoire ces fêtes mala-
droites, avec nos pauvres moyens : ce vin amer et clandestin, ces musiques naïves, malhabiles, et le débor-
dement confus des jeux de l'amour. Mais pourquoi, ô
Madjnoûn, les puissants de ce monde haïssent-ils tant,
comme s'ils les redoutaient, ceux qui s'enivrent? Eux-
mêmes, pourquoi ne s'enivrent-ils jamais?

— Les puissants de ce monde redoutent ceux qui s'enivrent, répondit le Voyageur, à cause de l'allégresse, de la furieuse gaieté qui parfois brise les idoles. Eux-mêmes ne s'enivrent jamais car ils se gavent de sang. Quiconque, dans sa vie, a goûté du sang d'homme, est incapable ensuite de supporter le vin. A celui-là l'ivresse est fade, et sa vérité, bien trop amère.

— Ô Madjnoûn! Pourquoi le Prêtre du Haut Temple déteste-t-il ceux qui s'enivrent? Pourquoi fulmine-t-il contre la voix limpide des chanteuses, contre la souple grâce des danseuses?

— Celui qui pousse les hommes à aimer la mort ne saurait prendre goût aux nourritures terrestres, aux fruits de la beauté vive. Celui qui invite à l'écoute outre-tombe, lui-même jamais n'ouvrira son cœur à la force qui danse, à la joie qui jaillit, à l'amour qui s'élève en chant.

— Ô Madjnoûn! Tu ne prends pas part à nos excès, et pourtant tu es souriant, joyeux et libre. Tu ne bois pas le vin et tu es ivre et fou. Madjnoûn, où est ta source?

— Ô innocents amis! Pour que je vous le dise, il faudrait que vous sachiez ce que vous êtes, et vous ne le savez guère. Vous êtes la proie docile du Monstre et ne le voyez pas! Les chaînes par lesquelles il vous tient, vous ne les sentez pas et elles sont votre œuvre! La prison où vous gisez sans même en apercevoir les murs, vous l'avez construite de vos mains!

» En cette Ville, ceux qui s'enivrent et festoient, on les dirait organisant un deuil. Et ceux, sobres et à jeun, qui se préparent pour un enterrement sont comme des ressuscités que gagnerait la liesse. Voilà où en est la peur; voilà où va l'hypocrisie!

» Celui qui trompe les autres trame le piège où il tombera.

» Celui, par peur du Monstre, qui trompe les autres afin de les sacrifier à sa place, un jour sera conduit à se mentir à lui-même et sera dévoré.

» Dites-moi, amis, ces coupes qui ne cessent de s'emplir et de se vider, quel est le but de leur danse? Qu'y cherchez-vous? L'oubli, sûrement, l'oubli du réel et non la vérité. Vous cherchez à apaiser la souffrance du Moi, non à vous libérer de sa prison.

» Amis, pour moi, cette vie qui m'est échue n'est qu'une intense soif aux limites inconnues; cette existence, une ardeur sans fin. A ma soif, il faudrait des océans d'un vin plus ancien que le monde, à verser dans des coupes célestes, des dômes cosmiques aux couleurs de crépuscule!

» Si je suis ivre, ce n'est pas pour m'oublier, ou perdre de vue le réel, ou glaner l'insouciance d'un moment. Je me moque des joies qui passent : j'aime l'allégresse de la lucidité.

» Votre ivresse, ô amis, est un voile d'un soir jeté sur la souffrance. L'attendent les lendemains lugubres, la tête dans l'étau, le dégoût de vous-mêmes. L'ivresse qui me soulève a laissé en arrière les vestiges du Moi, les morsures du Monstre. Sa source, son inépuisable source, vous me demandez où elle se trouve?

» Amis, amis, ignoreriez-vous jusqu'à l'existence de Leïla? et que ses yeux enivrés par l'amour sont la source des sources, et que son regard est fontaine de jouvence, d'innocence, d'allégresse?

La taverne avait fait silence. De toutes parts on était sorti de la torpeur. Partout on prêtait l'oreille aux propos du Madjnoûn, à la parole de l'Amoureux, à l'expérience du Voyageur.

— Amis, relevez-vous! Balayez les cendres des forêts calcinées de vos montagnes! Arrachez les arbres morts! Brûlez les buissons secs de vos déserts! Libérez les enchaînés des Oubliettes!

» Pour renaître, la nature exige de vous un sacrifice : elle vous demande le sang du Dragon.

» Cette terre aride, ces forêts défaites, ces jardins jaunis, ces prairies infertiles brûlent de la grand-soif : elles vous demandent le sang du Dragon.

» Amis, relevez-vous! Abattez les ultimes ruines de vos âmes et chassez-en le Dragon qui y règne encore! Puis tranchez-lui la gorge et répandez son sang pour la terre qui en a grand-soif!

» Une plante inconnue alors y germera.

» Une clameur de printemps rougeoiera dans le ciel.

» Des lampes brilleront de tous leurs échos dans la nouvelle demeure de l'âme.

» Alors, seulement alors, vous commencerez de voir Leïla.

» Alors, seulement alors, vous verrez dans le regard de Leïla.

» Alors, seulement alors, ô allégresse, ô lucide folie! vous comprendrez la liberté.

Pour la première fois des adultes écoutaient sans rire. Personne ne songea, dans la taverne, que le Voyageur de Minuit était fou. Les yeux des femmes avaient retrouvé l'éclat limpide des eaux de haute montagne. De leurs chevelures noires émanait le parfum des prés en fleurs. Leurs lèvres étaient baies sauvages. Une vie nouvelle palpitait, qui jetait ses comètes au ciel des catacombes. Les clandestins de la Cité fêtaient l'arrivée d'un mystère. Leur ivresse s'était prise à goûter, pour la première fois, l'étrange saveur de la liberté.

Les chasseurs d'ombres

Un soir, à l'heure où le couchant étire désespérément les ombres, le Voyageur de Minuit croisa un cortège funèbre. Le vieux prêtre à l'habit jaune précédait le cercueil, que des hommes portaient sur leurs épaules. Tous semblaient suivre leurs ombres en se dirigeant vers la porte de l'Est. Le Voyageur les apostropha lorsqu'ils passèrent près de lui :

– Ô amis endeuillés, quel est ce lourd fardeau ? Pourquoi peinez-vous à la poursuite de vos ombres ? Ne vous gagneront-elles pas toujours de vitesse ? Avec ce poids sur vos épaules, comment les rattraperez-vous ?

Le vieux prêtre intervint avec vigueur :

– Misérable ! Ton être est un arbre sec, épineux, qui méconnaît la joie et la douleur ! Ton cœur est noir comme la suie, dur comme la pierre, et n'éprouve ni amour pour la vie, ni respect pour la mort ! Passe ton chemin, et laisse-nous au recueillement dans le souvenir de celui qui n'est plus.

Le cortège reprit sa marche. Il se rendit dans la plaine, hors de la Cité. Le Voyageur suivait de loin. Au cimetière, le vieux prêtre procéda aux cérémonies puis se lança dans un long prêche. Il fit l'éloge du disparu, dont la vie se révélait exemplaire. Il fit allusion au mystérieux au-delà. Il délivra promesse de vie éternelle après la chute des corps pour les uns; promesse d'enfer pour les autres. Il fit ce qu'il avait à faire.

Enfin, sur un dernier rituel, sur une ultime menace, il en termina. C'est alors que le Voyageur de Minuit, tranquillement, prit la relève. Sous l'œil sourcilleux de l'homme à l'habit jaune, il parla. Et le cortège, au lieu de se disperser, demeura sur place, l'écoutant avec étonnement d'abord, puis ne sachant que penser.

Il dit à ceux-là, le Voyageur, qu'ils ne gagneraient rien à chasser les ombres. Chaque poussière qu'emporte le vent, il leur rappela qu'elle continuerait de vivre. Il leur dit qu'aucune goutte d'eau jamais n'atteindrait l'océan, car les flots n'étaient pas encore formés; que nulle étincelle ne rejoindrait le brasier, car le vrai feu n'avait pas encore pris. Il leur dit qu'on les avait transformés, eux, leurs vies, leurs âmes, en égarés du Néant. Leurs existences leur étaient dérobées, leurs âmes devenues cimetières, leurs cœurs, incapables de sourire à la vie. Celui qu'ils venaient de mettre en terre, avait-il été bon? Si oui, pourquoi était-il mort? Avait-il été méchant? Si oui, pourquoi était-il né? Il leur dit que si la mort trônait au-delà du bien et du mal, comme ils le croyaient, alors elle se révélait comme leur néant, à ce bien et à ce mal − et peut-être aussi comme leur néant à eux, qui n'avaient plus ni cœur ni âme ni vie de vrais vivants, eux qu'on entretenait sans trêve, de dogmes en rituels, dans le culte de la mort. Et il leur dit encore que la pensée du néant était le néant de la pensée. Que l'espoir de la mort se nourrissait de la mort de l'espoir.

— S'il existe un mal et un bien, insista-t-il, c'est ici qu'on les rencontre, dans ce monde, en cette vie. Et c'est ici que surgissent récompense et châtiment. *Ensuite il ne sera plus temps.*

» Hâtez-vous, amis, et châtiez les faux sages qui prê-

chent le culte de la mort et la soumission au tyran!
Hâtez-vous, car ensuite il ne sera plus temps.

» Ô amis, le corps n'est pas éternel, vous le savez.
Mais l'âme est loin, bien loin de l'immortel. L'âme,
tellement plus fragile et périssable! L'âme, que vous
étouffez de vos propres mains bien avant de confier à
la terre vos corps inanimés! L'âme, que toute une vie,
du berceau à la tombe, vous portez sur vos épaules
endolories! L'âme, dont vous avez accepté, très tôt, de
faire un cadavre raide et froid dans le cercueil de vos
corps. Ces têtes baissées, ces échines courbées, ces yeux
creusés, ces visages hagards, ces jambes noueuses, tout
cela me parle du fardeau, du deuil perpétuel qui vous
écrase. Ô amis, vous êtes comme les songes d'un cerveau endormi. Vous êtes vous-mêmes les ombres de la
mort que vous cherchez sans cesse. Vous êtes l'attente
et l'illusion, l'espoir sans consistance. Vous croyez à la
mort sur la foi d'une promesse. Et pourtant, je vous
le dis : ensuite il ne sera plus temps! Elle est ici, la
vie éternelle, si vous vous libérez de l'envoûtement, de
l'agonie et du cimetière de l'âme. Ô amis, si vous avez
gardé au creux de vous la trace, si vestige et soif lointaine de vie vous sont encore morsure secrète, si la
nostalgie de la liberté vous étreint parfois malgré le
culte immonde, alors vous comprendrez qu'il n'est
d'autre enfer possible que celui où présentement vous
célébrez la mort, la souffrance et l'accablement. Le
fardeau infernal, ô amis, est celui de l'âme étouffée,
que vous traitez en cadavre!

Le Voyageur de Minuit parlait avec le ciel, la terre,
la nuit qui enveloppait la plaine, et avec un chien,
maigre et pelé, couché dans la poussière, qui le regardait en silence du fond de ses grands yeux jaunes.

L'assistance, peu à peu, avait quitté le cimetière. Le Voyageur parlait toujours. C'était vraiment un Madjnoûn délirant. Mieux valait hausser les épaules. La brise nocturne faisait onduler sa crinière. Ses paroles éparses, elle les emporterait jusqu'au soleil levant, dans la transparente ferveur de l'aube.

La menace engloutie

Au fil des temps, tous les habitants de la Ville en vinrent à connaître le Voyageur de Minuit. Pour certains, c'était un simple d'esprit que ses longues errances avaient égaré. Pour d'autres, à l'opposé, il prenait figure de mage. On le disait lié à des puissances de surnature. Les plus respectueux voyaient dans son verbe le message d'un autre monde. Tous se doutaient cependant qu'il devait en être encore autrement, mais nul ne savait comment, et encore moins pourquoi. Une fois, alors qu'une foule dense s'était rassemblée pour le marché, il se lança dans une homélie-fleuve. Il parla du passé. On l'écouta, une fois encore, et dans le plus complet étonnement. Eux et lui n'étaient pas de la même histoire.

— Autrefois, en ces lieux-mêmes se dressait une magnifique Cité, agrémentée de cent jardins, entourée de prairies et de forêts où coulaient des torrents et une rivière aux eaux limpides. Les enfants jouaient sur la plage. Les amoureux dansaient et chantaient. On s'embrassait sur les ponts. On s'aimait dans les sous-bois. Biches et gazelles venaient manger dans les mains des amants. On ne voyait à cette Cité ni fossés, ni murailles, ni esclaves, ni maître. Mais, ô amis, dites-moi :

» Qui a incendié les forêts d'ici? Qui a effarouché biches et gazelles? Quel fléau a ravagé la Ville? Quel Dragon a médusé ses habitants? Quel Monstre a perverti sa mémoire?

Passé l'ahurissement, on rit aux éclats.

Décidément, le délire du Madjnoûn s'aggravait. De génération en génération, on connaissait l'état des lieux : de toujours, la Ville avait été ceinte de fossés, de murailles. A l'extérieur il n'y avait jamais eu que plaine désertique et lugubres montagnes noires, de rocaille sèche et sans un arbre... Au centre, le palais de la dynastie des Grands Conquérants. Vraiment ce Madjnoûn était la proie de l'imaginaire! Tous n'étaient pas encore dans la complicité des innocents. Nombreux, qu'intriguait profondément le Voyageur, gardaient l'âme officielle. Ils savaient le récit d'État, la gloire du Seigneur, l'histoire de l'Ordre. Ils avaient peine à imaginer un passé plus profond. Le large, l'ouvert, le vaste, ces visages de la liberté leur étaient inconnus. Le Voyageur insista :

– Qui a détruit les ponts, qui a effacé les routes qui conduisaient ici? Qui a coupé du monde ce lieu naguère voué à l'échange et aux rencontres? Ces murailles, ne voyez-vous pas qu'elles sont votre prison? Elles ne vous protègent d'aucun danger extérieur; mais la Menace, la grande Menace, est au-dedans. L'ennemi qui ravagera tout, le vampire qui dévorera vos âmes et boira votre sang est ici, au cœur de la Cité. Ô amis croyez-moi : un jour, j'ai quitté une Ville de Splendeur. A mon retour je n'ai rien retrouvé. A sa place, je ne vois plus qu'ombres et ruines où repose un dragon.

Décidément, le Madjnoûn était étrange. On commença de rire un peu moins. Quelque chose s'ouvrait lentement par-dessous l'étonnement. On continua d'écouter, sous le charme. Il parlait, il évoquait, il invoquait, de plus en plus précis, de plus en plus pressant...

Registre
du Temps touchant à sa fin

— Amis, votre tout-puissant Seigneur et Maître est ce Monstre, ce Dragon, cet assoiffé de sang, cet affamé de mort. Observez ses yeux et son visage. Voyez l'étau de ses griffes. Et il est né ici! Par vos soins. Par votre soumission à la peur. Ce Monstre est vôtre. Ce Dragon?
— votre enfant, sorti de votre cœur pour vous le dévorer! Amis, hâtez-vous : immolez tout d'abord les tyrans miniatures qui jaillissent de vos cœurs et vous empoisonnent l'âme : ainsi vous éviterez d'être sacrifiés au Dragon. Libérez-vous du poison du Moi, ô amis, et hâtez-vous : ensuite il ne sera plus temps!
Depuis la porte du Haut Temple, le vieux prêtre à l'habit jaune écoutait lui aussi le Voyageur.
Cet homme est fou, pensa-t-il. Fou de dévoilement, de révélation. Fou de courage ou d'inconscience. Sacrilège intrépide, fou! Ne faut-il pas être fou, oui, pour mettre à nu la vérité avec tant d'irrespectueuse audace? Mais d'où reçoit-il cette inspiration, cette parole, cette folie? Fou, certes, mais en connivence de secret...
Le Voyageur, infatigable, poursuivait sa harangue :
— Ô amis! Sous les fastes de ce palais où règne le Monstre, les Oubliettes n'en peuvent plus d'absorber dans l'ombre les amoureux de la vie, de la beauté, de la liberté : les abandonnerez-vous à jamais? Amis, rele-

vez-vous! Libérez-les! Ramenez au pays natal les architectes de l'âme! Ne soyez pas à votre tour la proie du
Monstre, et hâtez-vous : ensuite il ne sera plus temps.

Et le vieux prêtre, de son côté, songea que le langage
de ce Madjnoûn venait d'un ailleurs, que s'y profilait
un autre univers, et que ce monde-ci, avec ses murailles,
son palais, son temple, était à peine en sursis. Ce fou
annonçait l'écroulement d'un ordre, d'un empire, d'un
registre du temps. Le Grand Conquérant quant à lui
affectait de ne s'inquiéter de rien : le Madjnoûn n'était
qu'un pauvre fol sans pouvoir; comment ses propos
atteindraient-ils le Dragon?

Au fil des jours cependant, le pauvre fol se fit réelle
audience. Bien des gens, après leur dure journée de
labeur, prirent l'habitude de se réunir la nuit, se répé-
tant longuement les paraboles du Voyageur. Aux
Oubliettes, dans leurs ténèbres, les prisonniers aussi
les reçurent, et les gardèrent précieusement au cœur.
Enchaînés, réduits à rien, ils attendirent un mystérieux
signal.

A la Cour du Dragon

La belle à la robe émeraude, celle qui versait fraîcheur au bord de la grand-route, celle qu'exaltait le Voyageur de Minuit, à laquelle il invitait ouvertement les gens à dresser un culte : Leïla, la petite mendiante, personne jusque-là n'avait fait attention à elle, et le tout-puissant Seigneur de la Cité ignorait jusqu'à son existence. Pourtant, à la faveur des extravagances lyriques du Voyageur, on commença à la considérer d'un autre œil. Elle devint le support d'une légende amoureuse, d'une vaste métaphore du bonheur et de la liberté. Le bruit en parvint jusqu'aux oreilles du Grand Conquérant. Celui-ci en éprouva irritation et curiosité, au point qu'il fit mander dans son palais la muse et son amoureux.

Ainsi Leïla et Madjnoûn eurent-ils à faire face au Monstre dans son antre d'arrogance et de marbre. L'air maussade, la bouche amère et méprisante, il les contempla un moment en silence du haut de son trône, puis, s'adressant au Voyageur :

— Toi, étranger venu de loin, à qui nous avons accordé asile et protection, pourquoi sèmes-tu le trouble dans la Ville? Pourquoi convies-tu nos fidèles sujets à renier leur croyance de toujours, à abandonner le Temple de leurs ancêtres, à vénérer cette jeune mendiante sans importance?

— Ô Seigneur tout-puissant, Maître absolu des hommes, Tyran des âmes et des corps, tu sais bien, répondit le Voyageur, que ton temple et le culte qui s'y célèbre ne sont pas si anciens. Les fondations en sont récentes et les murs à peine secs. La véritable Souveraine de la Cité, la Reine du Printemps, était jadis adorée en ce lieu, et l'immense et fertile nature resplendissait autour de la Ville, se manifestant à travers chaque fleur, chaque arbre, chaque jardin comme le royaume de celle que tu as chassée, de celle que plus personne depuis lors n'a reconnue, pas même toi. Lorsque je quittai cette Ville, il y a bien longtemps, les gazelles venaient lui manger dans les mains, ainsi qu'aux amoureux et aux enfants.

» Depuis, tout a été enlaidi, souillé, verrouillé. Les gens ont oublié. Convertis au culte du Dragon — ton culte, ô tout-puissant Guerrier —, ils ont fait l'apprentissage du labeur, de la peur, de la souffrance. Ils ont appris les gestes de la mort, et encensé le meurtre de leur âme. Voilà, ô Chef trop infaillible, la vérité que je dévoile à tout instant.

Intérieurement le Grand Conquérant grondait. Ses ongles se crispèrent dans les velours. Du feu s'alluma dans ses prunelles. Puis, se dominant, il se dit qu'il n'avait devant lui qu'un pauvre fol sans pouvoir, dont la Ville riait, et que jamais ce Madjnoûn ne lui serait menace. Sur le ton de l'avenante douceur, mais la voix gutturale, il demanda :

— Étranger, dis-moi : parmi tant de jeunes filles et femmes de grande beauté, pourquoi donc avoir fait de

cette quelconque mendiante l'élue absolue de ton cœur ?
Pourquoi la donner en adoration à tous ?

— Tu connais bien, ô misérable Maître, la magie du
Dragon, son charme redoutable, sa puissance de mort.
Tu sais aussi le secret de sa fin.

» Tu sais comment la peur des hommes fait sa force.
Tu n'ignores pas que la disparition de la grand-crainte
est la clef de sa fin.

» Inversement, la puissance de la Reine du Printemps
réside en l'ardeur du cœur. Sa mise en péril, dans l'exil
de la liberté.

» Celle que tu n'as pas reconnue, que tu ne parviens
toujours pas à reconnaître, celle qui verse fraîcheur au
bord de ta Cité, cette Leïla sans importance : c'est Elle.

» Elle, qui régnait autrefois sur un peuple habité de
folie, de beauté, de liberté. Aussi vieille que le monde,
plus fraîche que l'instant — et tous l'oublièrent, et tu
l'as devant toi.

» Hâte-toi d'être prêt, ô Conquérant du Néant. Elle
a mission. Les Oubliettes vont délivrer leurs prisonniers. Ils attendent, sous leurs chaînes, un mystérieux
signal, les exilés de la mémoire du monde ! Et ils jailliront de tes ruines !

» La Reine du Printemps est devant toi, ô Conquérant sans suite. Hâte-toi d'être prêt : pour toi, il n'est
déjà plus temps.

Soudain la colère, chez le Monstre, fit place à la
peur. D'une voix plus rauque et rude que jamais, il
brutalisa la jeune fille :

— Et toi, la bougresse, qui es-tu ?

Droite, couronne de fleurs sèches au front, debout
face au trône du Dragon, Leïla souriait. Un horizon
lointain scintillait dans ses yeux. Lorsqu'elle parla, le

cristal de sa voix se répercuta en échos étranges à travers le palais, au long des corridors, des salles d'armes, jusqu'aux souterrains, jusqu'aux Oubliettes.

— Je suis Leïla. Je suis Déesse de l'Amour. Je suis la Reine du Printemps de la vie. L'âme des amants de la beauté est mon royaume. Le cœur des fous de la liberté, mon temple.

» Sur la route poussiéreuse, j'ai longtemps attendu, le soir, au crépuscule. Et voici : le retour de mon Voyageur perdu dans les lointains est advenu. L'Amant qui me connaissait depuis la création du monde et me cherchait à travers les âges et les espaces est revenu!

» Tout a changé depuis son départ. Tout s'est enlaidi, souillé, verrouillé. Tout, sous ton règne, s'est mis à boire la mort.

» Et voici, ô Incomparable : comme tes ancêtres, un jour, tu seras l'unique survivant d'une Cité déserte. Tu seras le maître d'un cimetière.

» Alors j'attendrai. J'attendrai de nouveau. Mais cette fois j'attendrai l'aube, le printemps, le retour au pays natal des amoureux de la beauté, des fous de la liberté, des architectes de l'âme.

Au fond de soi le Grand Conquérant tremblait. Quelque chose en lui croyait reconnaître les mots, la scène, et la fatalité de la prédiction. Mais sa mémoire était si encombrée de sa propre histoire qu'il ne sut pas situer où, ni comment, cette mendiante à l'assurance tranquille qui lui annonçait implacablement sa fin dans un sourire aurait pu avoir croisé sa route. Il pensa que ces deux êtres étaient fous à lier, et que, contrairement à ce qu'il croyait jusque-là, ils pouvaient s'avérer contagieux. Il les congédia sèchement en se demandant quel sort il devait leur réserver. Puis il haussa les épaules, et oublia l'entrevue. Il est vrai qu'il avait rendez-vous avec le miroir de la Salle aux Échos.

Plus tard, il fut trop tard.

Le Voyageur de Minuit avait acquis un prestige inouï. Aux yeux de tous, il passait désormais pour un haut Spirituel, ou un magicien doué de pouvoirs. L'emprisonner, c'était risquer des troubles.

Faire disparaître la petite mendiante n'allait pas non plus sans danger. Et puis, le Monstre n'avait-il pas surabondamment enfermé, bâillonné, exécuté? Ses cachots, ses geôles, ses célèbres Oubliettes regorgeaient de monde. Le Grand Conquérant était las. Il décida de ne rien décider.

Leïla officiait au bord de la Cité, versant fraîcheur à l'assoiffé, le soir, au crépuscule.

Son Amoureux, Madjnoûn, le Fou, le Voyageur de Minuit, s'était retiré à l'écart de tous. Dans un recoin de décombres, il faisait silence.

Il attendait sans attendre. Il contemplait au-delà.

L'éternel retour

Le Grand Conquérant continua de s'admirer dans les miroirs.

Passèrent les temps, et nombre d'enfants qui jamais n'atteignaient âge.

Passèrent les jeunes, victimes de la colère, voués à la guerre sans retour.

Passèrent les couleurs aux pommettes des femmes, voilées et travaillées par l'ennui, le labeur et la peur.

Aux Oubliettes, mis à croupir, dépérissaient les prisonniers dans le souvenir d'un signal, d'un mystérieux signal.

Le vieux prêtre à l'habit jaune eut quant à lui très longue vie, et passa tard, très tard. Ses disciples quittèrent clandestinement la Cité pour une destination inconnue.

Peu à peu furent abandonnées les demeures, et rampa le délabrement. Passèrent les vents et les poussières, et bientôt hiboux, hyènes et rats furent les seuls habitants des ruines.

Et le palais, lui-même menaçant effondrement, gagné par les ronces et la lèpre des murs, commença de passer à son tour, prenant allure de vestige.

Ainsi la grande Cité s'endormit-elle dans la mort, vaste cimetière où régnait un Monstre.

Disparus, sentiers et routes! A sec, les rivières! Ici ou là, absurdes, ces ponts incomplètement écroulés qui dressaient au-dessus du vide des arches dépourvues de sens, des chaussées qui ne reliaient rien!

Alors, quand il ne resta plus rien ni personne, que lui, le Dragon, le Grand Conquérant, qui s'admirait encore, et que le Voyageur de Minuit, toujours à méditer, alors...

surgie du crépuscule, arrivant de nulle part, plus légère que la brise, apparut la Dame en Noir.

Gracieuse, d'une grâce qui glaçait le cœur.

Belle, d'une beauté qui cassait l'espoir.

Les portes de la Cité s'ouvrirent d'elles-mêmes. Frôlant le sol de sa longue robe de fumée, elle traversa les décombres, gravit l'escalier du palais, franchit patios et salles d'armes,

et entra sans frapper chez le Monstre.

Le Voyageur, dans sa méditation, la reconnut. L'heure fatidique de la rencontre du Grand Conquérant avec l'Ange des Ténèbres était donc venue. Main dans la main, ils descendraient bientôt les marches du palais. Elle le guiderait parmi les ruines. A travers l'infini désert, elle l'entraînerait vers l'Inconnu.

S'ouvrirent alors dans la vision du Voyageur les impalpables pages du Livre du Temps. L'univers entier, des particules aux galaxies, n'était qu'un mot d'une de ses phrases. L'avenir, le passé, une lettre dans l'instant. Les années et les nuits : jours et saisons, bruissements de feuille qui tourne tissée en filigrane de vent. Entre toutes, une nuit parmi les ruines. Entre toutes, une nuit. A l'incertaine limite du ciel et de la terre vacillèrent, cette nuit-là, des myriades de lumières : la voie, enfin libre !

Le Voyageur se leva. Abandonnant la Cité du Silence, il se mit en marche vers l'horizon illuminé de la porte de Minuit.

Plus il avança, plus s'éloigna l'étoilement.

Lorsque l'aube parut, un grand fleuve était là. Ses eaux claires coulaient sans bruit entre brume et roseaux. Ses rives laissaient deviner, sous les ombrages, des maisons, des jardins, des enfants. Déjà l'on jouait et l'on riait çà et là sur les plages. Bientôt on s'embrasserait au bord des ponts. On s'aimerait dans les sousbois. Les oiseaux allaient lancer leurs trilles au ciel. Assis sous les platanes, les anciens viendraient deviser des affaires de la cité, dont ils décideraient avec les enfants. Éclatante de beauté, la belle à la robe émeraude, portant couronne de fleurs fraîches, passait déjà

de porte en porte, de jardin en tonnelle, de fleur en
abeille, de cascade en gazelle, et toute la liberté du
monde picorait dans ses mains...

Un rire abrupt secoua le Voyageur.
Il rit. Inextinguible rire.
Il rit terriblement.
Il rit.
Une fois encore la vieille histoire,
la Reine du Printemps,
le Cavalier Noir,
la chute de la Cité de l'Ame,
la vraie légende du Dragon, tout
s'en allait
recommencer!

CITÉ DE LA LUMIÈRE NAISSANTE

LES DISCOURS
DU VOYAGEUR DE MINUIT

Ainsi le Voyageur franchit-il l'horizon illuminé des portes de Minuit.

Lorsque l'aube parut, un grand lac scintillait.

Ses rives laissaient apercevoir des maisons harmonieuses, des jardins, du bonheur.

A un passant de l'aurore, il demanda :

– Ô ami, dis-moi, quel est le nom de cette contrée?

– Ami voyageur, sourit l'inconnu, c'est ici la Cité de la Lumière Naissante.

D'abord, face à la ville entraperçue, devant la paix qui régnait là, il avait ri, le Voyageur. Ri d'un terrible rire, en connaissance de légende. A présent, il exultait de joie : il avait enfin rejoint sa cible avant le Monstre!

Il parcourut en tous sens cette Cité selon son cœur.

Il chanta et dansa, et l'on chanta et dansa avec lui.

Il questionna, et on lui répondit.

Il médita, et on respecta son silence.

Il raconta d'interminables choses, se lança dans des récits désarçonnants, et fut écouté, accepté, applaudi, même.

Nul ne songea qu'il était fou.
Ici, raison et folie n'avaient pas divorcé.
Ici, folie et raison ne se livraient pas guerre.
La lumière ne cessait de naître.

LE MESSAGE DE L'AUBE

Chant d'éveil

Lorsqu'il s'adressa aux habitants de la Cité, la première fois, le Voyageur de Minuit n'hésita pas à rompre le charme de leur vie de tranquille suavité. D'emblée il les mit en garde. D'emblée, il porta témoignage du fléau : l'avenir.

Ô Amis, vous êtes les passagers
d'une barque fragile,
et la tempête approche où les eaux seront couteau,
vertige, tourbillon.
Des récifs se dresseront, creusant lames
et gouffres où vous reconnaîtrez
les croyances fossiles, les illusions,
les superstitions – et la peur
sa tenaille!
Et vous saurez le Monstre en chaque goutte
d'eau, en chaque grain de sable
éparpillé par l'ouragan!
Ô Amis, la menace approche : préparez-vous
à vigilance!
Ces rocs, ces gouffres, cet effroi qui avance,
cet œil épouvantable où roule

un regard trouble,
ne les laissez jamais, vous,
sur votre barque frêle,
avoisiner vos avirons.
Amis souriants, heureux amis, préparez-vous
à vigilance !

Ce fut d'une seule et enthousiaste voix qu'ils accla-
mèrent le Voyageur, qu'ils se jurèrent de ne pas laisser
leur esquif s'approcher de la menace, qu'ils se pro-
mirent d'éviter les gouffres, de contourner les tourbillons, de ne pas sombrer dans l'œil du cyclone...

Ô Amis, devant vous va s'ouvrir
une journée terrible !
Votre aurore infinie, votre aube immémoriale,
votre matinée fluide et jamais asservie
est enceinte sous roche et la souffrance attend :
un soir au crépuscule un Dragon paraîtra.
Il s'en viendra rôder tout près de la Cité.
Il cherchera
la porte de vos cœurs.
Il cherchera
la faille de vos souffles.
Amis, amis, préparez-vous à vigilance !

Moi-même, errant sous les mirages,
ai vraiment rencontré ce Monstre :
je l'ai connu et éprouvé —
le froid et le chaud, le jour et la nuit,
il ne les distingue pas;
en plein midi il apporte ténèbres;
de l'aube il fait pénombre et sang crépusculaire;

il est braise d'éclair à foudroyer les âmes!
Un soir, dans l'atroce couchant de sa venue,
il cherchera
la porte de vos cœurs,
il cherchera
la faille de vos souffles.
Amis, préparez-vous à vigilance!
Prévoyez un combat féroce!

Vigilants, prêts au combat, ils s'écrièrent qu'ils le
seraient!...

Cependant, ô Amis, prenez garde
à ne pas sortir de la Cité
pour y porter bataille,
à ne pas vous engager dans la plaine immense
pour y traquer le Monstre,
car ainsi vous n'iriez pas à vigilance,
mais à l'imparable,
vers la défaite :
au retour, harassés de vaines chevauchées,
exténués de poursuites,
vous ne trouveriez plus la Cité de votre âme,
vous ne verriez que ruine où boirait un Dragon.

Il y a longtemps, si longtemps,
je voyageai au loin, si loin!
J'avais quitté une ville de splendeur,
un paradis semblable au vôtre...
A mon retour, je n'ai trouvé
que ruine où respirait le Monstre.
Amis, jamais ne prenez pour guide un aveugle!
Et jamais ne sortez de chez vous

sans conscience!
Menez combat ici, à l'intérieur
de la contrée, au cœur
de la Cité :
c'est ici que le Roi-Reptile
crochètera venin!

Amis, amis, jamais ne sortez
de vous sans connaissance!
Restez dedans la ville, mais n'allez point
lui dresser murailles, lui creuser fossés,
lui ériger portes cloutées : de vos mains
vous bâtiriez votre prison,
vous construiriez l'antre du Monstre,
vous installeriez son trône et sa venue,
son ordre et votre fin!
Amis, amis,
jamais
ne cuirassez
le Temple!

Les humains mes amis redoutent quelque chose
que redoute également le Monstre :
la folie, sa subversion, sa souveraine
clairvoyance.
Et tant ils s'en méfient qu'ils se jettent,
pour l'éviter,
dans les griffes du Dragon.
Cœurs et âmes, corps et souffle,
avec leur liberté!
Ainsi fondent-ils le Fléau.
Ainsi le font-ils invincible.
Ainsi son feu viendra les fondre!

Amis, cette flamme est dans la peur
et sa chute ne vient
qu'avec le clair courage et la folie qui voit.
Fermez la porte de vos cœurs,
que le vent de la grand-crainte
n'y aille battre chamade!
Ouvrez, ouvrez à la folie,
qui rend à la liberté
sa résidence originelle.
L'âme, ô Amis!
l'âme, où raison et folie coexistent
en souffle, mais finiront
par se voir ennemies et se déclarer guerre...
Laissez-les se défier, s'entrechoquer,
se battre s'il le faut,
mais ne souffrez pas qu'elles se combattent
à l'extérieur,
ne tolérez pas que l'une chasse l'autre
dans la plaine, au loin.
Que l'une parvienne à bannir l'autre,
et c'en sera fait
de la liberté.
Que l'une exile l'autre, et s'installera
la Tyrannie.
Que l'une terrasse l'autre, et vous serez
des étrangers réduits à servitude
en votre propre Ville!

J'ai traversé pieds nus les déserts
et la soif, les ronces, l'inconnu.

J'ai plongé sans connaissance
dans les ténèbres.

Toute une vie d'errance, j'ai guetté
a lumière de l'aube,
je l'ai cherchée sur des chemins perdus,
l'ai attendue au bout du monde.
Et voici :
j'ai atteint votre ville, votre Cité
de la Lumière Naissante,
votre contrée où la clarté ne cesse,
et je vous le dis, habitants de l'aurore,
préparez-vous à vigilance !
Prévoyez un combat féroce !
Reconnaissez l'abrupt et sa double avancée :
ou bien le gouffre d'inconscience
et l'engloutissement,
ou bien le charme du Dragon,
et la vie dévorée !
Amis souriants, heureux amis,
préparez-vous à vigilance !

Quel soleil,
pour quelle aube ?

Une autre fois, à une foule d'importance, le Voyageur
tint ce langage :

Amis, le mystère de l'aube qui ne cesse
blanchit lentement vos montagnes
et sa source bientôt jaillira jusqu'au jour.
Mais quelle est-elle ? De quelle nature
sa lumière ? D'où, son origine ?
Offrira-t-elle aurore à sombrer dans la nuit ?
Annoncera-t-elle fulgurance

d'un astre neuf au ciel?
Demandez-vous alors quelle sorte de soleil
Devrait venir trouer votre sommeil trop lourd!
Questionnez le matin sur sa source
et sa suite.
Reconnaissez comment toute aube
n'est pas l'aube.

J'ai vu des soleils fous
que les gens croyaient jour –
Mais leur lumière était plus trouble
que la nuit –,
vécu ténèbre à terrifier l'opacité
et vu jaillir alors l'étincelle Conscience!
Je me souviens : jadis le Dragon à l'affût
surprit une Cité que hantait l'insouciance
et y planta ses griffes nocturnes. A l'aube,
les hommes jamais plus ne reconnurent l'aube.
Quand l'aurore arriva, lorsque se dévoila
l'incertaine étendue, ils virent, enroulé
sur lui-même et crachant flamme et soufre
d'enfer,
un Dragon de sang noir pourléchant l'horizon –
et le jour qui suivit fut nuit,
interminable nuit.
Alors, ô Amis, si un soleil surgit
de l'incessante aurore, essayez de bien voir :
procède-t-il du péril, du Dragon fou,
de l'Ego-Monstre au sang noir
venu boire à la Ville
pour la défigurer, tyranniser, brûler?
Ou est-ce étoile différente, issue
d'un autre plan du sens,

portant lumière à l'aube,
  et ressemblant à l'aube?

Et si jamais la très faible, l'incertaine,
la vacillante lueur de toute aurore
cesse,
si le jour à la nuit retourne
en ignorant matin et soir,
ce sera votre faute, Amis dans l'or de l'aube,
qui aurez éteint l'aube.
Si un soleil navrant vous exténue
sous la grimace et sous la braise,
soyez certains qu'il se sera levé
du fond de l'horizon englouti de vos âmes.

Peu de temps vous attend, Amis, préparez-vous!
A l'aube de l'esprit guette le grand combat :
guerre! Amis, suprême guerre à la torpeur,
la pesanteur, l'âme clouée, le corps épais!
Éveil! Éveil du cœur à la source vivante —
afin que l'aube un jour coïncide avec l'aube.

VERS LA HALTE SUPRÊME,
LA LIBERTÉ

Écoutons la voix de Sanâ'î de Ghazna :

Âpre, la voie.
Ennemi, le compagnon.
Invisible, le but.
Amères, les provisions de route.
Souffrance, la monture!

Le fou
qui aima ses chaînes

Ô feu qui éteins le feu.
Ravage cette maison!
Brûle et prends ma raison,
Fais-moi fou à nouveau!

RÛMÎ

Entre deux périodes de silence et de méditation, le Voyageur de Minuit prenait discours et feu, et sa parole était flamme en effet, verbe à brûler les apparences.

Une fois, il aimanta l'intérêt de toutes et tous avec une histoire en forme d'ancien brasier, de menace neuve, de quête perpétuelle...

Amis, si vous aspirez à rejoindre la Halte suprême, la Demeure de la Liberté, ne redoutez ni la faim ni la soif, sinon... Écoutez :

Autrefois, dans une ville comme une autre, vivait un homme tranquille et simple, dont les efforts ne visaient qu'à la paix de l'âme. Obéissant, naturellement soumis, il reçut et accepta ordres, sympathie, pitié, morales, prêches, usages, conseils — jusqu'au jour où il en perdit la tête et, lâchant tout, s'en alla au désert.

Lorsqu'il revint, l'homme tranquille et simple qu'avaient rendu fou les lois et la soumission, il avait figure de bête hallucinée. Il vociférait, gesticulait, poussait d'insupportables hurlements. Obscènement nu pour les regards chastes, affreusement blasphématoire pour les oreilles dévotes, intolérablement présent pour les esprits en règle. On résolut de l'enfermer, et, par compassion, de lui porter quotidiennement nourriture.

Il fut deux fois plus fou, le fou. Il hurla jour et nuit. Jour et nuit se débattit dans ses chaînes. Forcené, il réussit finalement à briser celles-ci, et s'enfuit. On le chercha en vain. Il était au désert.

Il riait. Il chantait. Il dansait librement sur le sable et la braise.

Jusqu'au moment où le mouvement l'abandonna.

Vêtus de toges de fumée, deux spectres étaient venus, comme surgis du feu du ciel et du désert. Leurs corps de vie séchée étaient squelettes de flammes bleuâtres.

Ils s'approchèrent du fou immobile.

Tour à tour, puis ensemble, lui chuchotèrent dans
les oreilles quelque chose
qu'il n'eut jamais à répéter.
L'un des spectres avait nom Soif; l'autre, Faim.
 Le lendemain on découvrit avec surprise le fou tranquillement réinstallé dans sa prison, chaînes soigneusement rivées, silencieux, quasi paisible. On le supposa
sur la voie de la guérison. C'était, bien au contraire,
le pire qui commençait. Il était devenu amoureux.
Amoureux fou. De ses chaînes.

Amis, si vous cherchez la Liberté, ne reculez jamais
devant Faim et Soif!
 Puisque désir ardent ne doit jamais se satisfaire,
puisque appel sans limite jamais ne touche écho,
et que telle est la Liberté!

La grand-crainte, ô Amis, n'est pas de ses chemins
mais trace la voie droite
vers la demeure servile.

Nulle peur,
nulle mort,
nulle attente,
nul repos,
nulle halte
sur la route de la Halte,
sur l'aile de la Liberté!
Mais l'effort, sans relâche, hors limite!
Mais l'angoisse, sans relâche, hors limite!

Histoire fantastique
de Tyrannopolis

Écoutons à nouveau Rûmî :

Je suis un brin de paille devant toi,
Ô vent violent :
Comment savoir où je tomberai?

Amis, si vous cherchez la Liberté, si vous aspirez à la Halte suprême,
apprenez la Demeure de l'angoisse.
Quand vous la découvrirez, ne hâtez pas le pas : arrêtez-vous; habitez-la.
Que vous vous détourniez, que vous cherchiez à l'éviter,
et votre voyage sur la route de la Halte aura pris fin,
et la Demeure de Tyrannie vous sera grande ouverte !

Amis, reconnaissez l'histoire fantastique de Tyrannopolis. Voyez ses habitants, qui eurent un instant chance de Liberté, et, ne sachant habiter la Demeure de l'angoisse, se précipitèrent d'eux-mêmes dans l'enfer de l'injustice, dans les chaînes de la servitude !

Un jour, à l'issue d'une longue marche, j'atteignis une région sinistre, au pied d'une abrupte montagne de cendre. En ces lieux, les gens, vêtus de noir, allaient comme des fantômes à travers brumes et détresses. A leurs yeux les larmes perlaient. A leurs lèvres manquait le sourire. A l'un d'eux je demandai où nous étions.

— Ici, me fut-il répondu, c'est la Vallée des Pleurs.

— Où conduit, demandai-je encore, le chemin que je suis ? Existe-t-il d'autres routes, et si oui, où vont-elles ?

— Voyageur, le chemin que tu suis est en ces lieux le seul. Il aboutit aux Roches Désolées. Les abords en sont très rudes, mais l'autre versant descend doucement vers la Plaine de l'Espérance, où l'on peut voir nombre de mirages. Celui que l'attrait des mirages ne dévierait pas de sa route pourrait ensuite atteindre la grande cité de Tyrannopolis. J'ignore ce que l'on trouve au-delà. Peut-être, en cette ville, te l'apprendra-t-on.

Je suivis ce chemin unique. Je laissai derrière moi la Vallée des Pleurs. J'escaladai douloureusement les Roches Désolées, descendis avec soulagement vers la Plaine de l'Espérance. Les mirages me trouvèrent froid. Je traversai ensuite le Village des Affligés, où je dormis à la Maison Pleureuse. Rendu le lendemain au canton des Mille Soucis, je passai la nuit à l'Auberge des Sinistrés. Chemin faisant, je fréquentai successivement le Château-Détresse, l'Hôtellerie des Sans-Joie, la Retraite des Invalides en Deuil et autres lieux à vocation. J'atteignis enfin la Cité.

Tyrannopolis, au crépuscule, lançait des palais somptueux à l'assaut du ciel. Dômes d'or et façades de verre étincelaient jusqu'à l'aveuglement. Une large route pavée, parfaitement rectiligne, filait vers la Cité. A intervalles réguliers, des panneaux porteurs d'énormes inscriptions la bordaient. Aucune indication, aucune information relatives à la Ville ne s'y lisaient. Toutes les phrases gravées là relevaient de la mise en condition. Je déchiffrai au fur et à mesure les éprouvantes sentences :

LA VIE DANS LA DOULEUR APPORTE DÉLIVRANCE.

Si la vie est dans la douleur, pensai-je, de quoi donc délivrera la délivrance?

L'UNION DE TOUS EN PENSÉES ET EN ACTES FAIT LA FORCE DE LA CITÉ.

Alors, toute la variété, toute la diversité des humains, leurs mille et un travaux et croyances ne seraient qu'éparpillement, distraction, faiblesse?

L'ACCORD TOUJOURS GRANDISSANT DES OPINIONS EST UNE VERTU. L'UNANIMITÉ COMPLÈTE EN EST LA PERFECTION.

Différence et singularité seraient immorales?

Et d'autres encore, insidieuses et contraignantes. Je renonçai à les commenter intérieurement, tant l'abjection y transparaissait. J'assistais, de fait, à un flagrant délit de torture. Une fois de plus, l'âme en était la première victime. Il y eut ainsi :

L'ORGANISATION HARMONIEUSE EST DISCIPLINE.
LA VRAIE DISCIPLINE EST JOIE DANS L'OBÉISSANCE.

IL N'EST DE BONHEUR QUE DANS LA SOLIDITÉ DE L'ÉTAT.

L'ÉTAT EST SOLIDE GRÂCE AU SACRIFICE ET À LA SOLIDARITÉ DE TOUS.

LES GENS VERTUEUX SE DÉVOUENT POUR LES GRANDS HOMMES, LEURS CHEFS.

LA SAGESSE : L'INEFFABLE SAVEUR DE LA SOUMISSION.

Quand j'arrivai enfin dans la Ville, j'étais, il est vrai, grandement édifié : ces principes-là sentaient le Dragon.

Ô Amis de la Cité de la Lumière Naissante, vous n'imagineriez pas comme on vivait à Tyrannopolis ! Des palais, des édifices grandioses, mais massifs, dépourvus de finesse, colossaux.

Des gens nombreux, mais tous en uniforme, marchant au pas cadencé, toujours en groupe, et chaque groupe selon son habit.

Des travailleurs, en bleu.

Des policiers, en gris.

Des militaires, en brun.

Des jeunes, des femmes, chantant un air martial, perpétuellement le même.

Des gardes, des gardes à tout, à chaque bâtiment, à chaque coin de rue.

A l'un de ceux-ci, je voulus demander quelque chose. Il me devança, m'interrogeant avec rudesse :

– Toi, donne-moi le mot de passe, et vite !

J'étais abasourdi.

– Oui, reprit-il, le nom de cette nuit !

J'avouai :

– Je ne connais pas le nom de cette nuit. Je suis prêt à l'apprendre. Mais je sais les noms des nuits passées : j'ai fréquenté l'Auberge des Sinistrés, la Maison Pleureuse, l'Hôtellerie des Sans-Joie. Auparavant, j'ai traversé la Vallée des Pleurs, et puis...

– Tais-toi, vagabond, ordure vive, insulte à la dignité ! Et honte sur toi ! Tes vêtements suspects, ta crasse, ta poussière, tes cheveux hirsutes, tout en toi fait injure à cette Cité de l'Ordre, à la Ville la plus propre du monde!

Il appela un autre garde et me remit à lui.

Les brutalités commencèrent.

Le second garde me poussa violemment devant lui, agrémentant ses bourrades de coups de fouet.

Larges et interminables avenues. Tortueuses et étroites ruelles. Nous arrivâmes à un bas-fond, aux confins de la Ville. Un bâtiment délabré nous accueillit. Sur son portail, un écriteau précaire, à demi effacé, affirmait :

AIMER SON PROCHAIN EST LE DEVOIR DE CHACUN.

Le garde ne prêta pas même un regard à l'inscription. A l'intérieur, il me confia à l'un de ses collègues.

Ce troisième garde fut plus infâme encore. Aux coups, il ajouta injures, vociférations, menaces. Dans la cour de la prison-hospice, des êtres à l'aspect maladif, en uniformes élimés, vaquaient à on ne savait trop quoi, l'œil absent, le geste lourd. Au fouet, je fus expédié dans une salle basse où trônaient un bassin et un four.

On brûla mes vêtements. On me jeta sans ménagement à l'eau. Je fus étrillé, rasé, tondu, revêtu d'un uniforme archi-usé, puis, nanti d'une cruche d'eau et d'un morceau de pain sec, propulsé dans une cellule obscure.

Quand mes yeux se furent accoutumés à la pénombre, un homme à barbe blanche était là. Assis dans un recoin, entouré de livres, une lampe à huile éteinte devant lui, il me regardait. J'approchai et le saluai. Il me répondit avec douceur. Une lueur étrange flottait dans son sourire. Des sentiments humains oubliés semblaient vibrer autour de lui. Il m'invita à m'asseoir à son côté.

— Voilà qui est étonnant, dit-il : il y a bien longtemps qu'on ne conduisait plus les mendiants ici. Je croyais qu'il n'en existait plus, ou bien qu'ils étaient mis à disparaître en d'autres lieux.

— C'est méprise, répondis-je : je ne suis pas un mendiant.

Et je lui déroulai le fil de mon histoire, lui contai le périple qui m'avait conduit jusque-là. Il m'écouta avec attention.

— Prions pour une heureuse issue à cette méprise. Convaincus d'espionnage ou de complot, les étrangers de ton espèce sont généralement jetés aux Souterrains, d'où nul jamais ne sort.

— Mais enfin, qu'est-ce que cette ville? Quelle est la signification de ces uniformes, de ces parades martiales?

— Cette ville, Tyrannopolis, nul ici n'a droit d'en prononcer le nom. Il est tabou. Ces parades, uniformes, pas cadencé : la stricte organisation du temps social, qui prime tout. Quatre groupes principaux divisent la population : travailleurs; soldats, gardes et policiers; fonctionnaires dirigeants; femmes. Ce dernier groupe a pour fonction de servir les trois autres, à raison d'une fois par semaine pour les travailleurs, deux pour les fonctionnaires, le reste du temps pour la troupe. Chaque matin, réveil avant le lever du soleil et départ, sous l'escorte des gardes, vers le lieu de travail. Chaque soir, retour en bon ordre vers les résidences-dortoirs. Tout le monde, sans discrimination, reçoit nourriture et soins médicaux gratuitement. Apparemment, ce salaire et ce rythme font tout le jeu, et tranquillisent leur monde...

— Mais dans le service des femmes, hasardai-je, des choix et inclinations personnels n'entrent-ils pas en contradiction avec l'Ordre?

— Non. On ne s'amuse pas. On remplit sa fonction. Anarchie des désirs, chaos des sentiments ne sont pas de mise ici. Le dévouement à la raison sociale, comme il est dit, est la seule forme de subjectivité possible. Chacune, chacun est sincèrement, totalement, uniquement public. Ni individu, ni plaisir, ni attachement personnel : l'État.

— Alors, ni mécontentements ni frustrations?

— Tout à fait hors de propos! Une éducation stricte a inculqué profondément l'idée — le préjugé — selon quoi l'Ordre ici régnant est le meilleur au monde. Le reste de l'humanité, de même, est présenté comme barbare. Frustrations? Mécontentements? — Penchants anti-sociaux tout bonnement impensables, impossibles! Qui donc irait s'imaginer conspirant la ruine de l'État?

— Mais quels peuvent être les principes d'un tel État?

— Ami Voyageur, sache que l'Ordre de Tyrannopolis repose sur deux socles : la liberté et l'égalité, selon les termes de cette devise très claire :

CHAQUE MEMBRE DE LA SOCIÉTÉ EST LIBRE
D'ANÉANTIR LES MENTALITÉS ANTI-SOCIALES,
NON CONFORMES AUX NORMES DE LA PENSÉE-ÉTAT.

DANS L'ACCOMPLISSEMENT DES TÂCHES SOCIALES
TOUS LES MEMBRES DE LA SOCIÉTÉ
ONT DES DEVOIRS ÉGAUX.

— Voilà, ô Voyageur, les deux solides piliers de l'Ordre.
L'un supprime la liberté. L'autre abolit le droit.
Je lui demandai de me conter l'histoire de sa vie.
— Ma vie se confond avec l'histoire de cette contrée.
Avant que la Cité ne change, j'étais maître d'école.
J'écrivais, j'enseignais, et assurais ainsi ma subsistance.
Quand tout bascula, l'école fut fermée, on brûla mes
écrits, et mes enseignements furent décrétés inactuels.
J'empoisonnais la jeunesse avec des vieilleries. Au lieu
de consolider la foi, j'éveillais à la recherche. Au lieu
de fortifier une raison, un principe, je poussais à l'esprit
critique, au doute. Ils avaient, mes censeurs, évidemment tort et raison. Le pire à leurs yeux était que je
n'éprouvais nul repentir à l'exposé qu'ils me faisaient
de mes erreurs!... Bientôt je fus réduit à la mendicité;
avec les autres mendiants, un jour, on nous ramassa
et on nous enferma dans ce charitable endroit. Désormais, l'enseignement se confond avec l'Ordre. Dès l'enfance, chacun apprend par cœur les phrases du Livre.
Partout, ces mêmes phrases sont affichées. Partout, des
panneaux à morale. Partout, des robots pensants. Ma
vie? — Avoir vu ça!
— Ô Maître, m'écriai-je alors, n'avez-vous pas souvenir d'antan? N'avez-vous pas vu comment s'est abat-
tue la Calamité, d'où elle a surgi?
— Ami, nulle catastrophe n'est tombée du ciel, n'est
arrivée du dehors. La dévorante fatalité qui est ici à
l'œuvre est venue du fond même de l'âme de cette
Cité...
Au fil des entretiens, au cœur des longues nuits
passées dans cette cellule, voici ce que j'appris de la
bouche du sage vieillard.

Parmi les nombreux tyrans qui gouvernèrent le pays, l'un d'eux, particulièrement sanguinaire, se voulut le nouveau fondateur de Tyrannopolis. Il avait tant fait couper de mains, crever d'yeux, écorcher vif, qu'il sembla un jour se lasser du pouvoir et de son strict exercice. Ses sujets étaient devenus si obéissants et soumis qu'il ne savait plus quoi inventer en fait de supplices, de tortures raffinées et horribles, de mises à mort exceptionnelles. Il fit annoncer qu'il abandonnait la direction de l'État et se retira dans son palais de montagne, à l'extérieur de la Ville, laissant les gens bel et bien livrés à eux-mêmes.

Au début, ceux-ci, ne croyant guère à la réalité d'une telle vacance, continuèrent de vaquer à leurs occupations, toujours tenaillés par la crainte et la servilité coutumières. Peu à peu cependant, la situation leur apparut avec clarté. Oui, le Tyran avait disparu. Alors tout changea de fond en comble. Les événements prirent tournure de vertige. On cessa de travailler. On se rassembla sur la grand-place. On confessa à voix haute secrets et sentiments. Beaucoup d'émotion fut à l'œuvre. Les mots sortaient des cœurs pour entrer dans les cœurs. Les tavernes restaient ouvertes jour et nuit. Jusqu'à l'aube, on riait, on chantait, on dansait. Une anarchie bon enfant s'emparait de toutes et de tous. On respirait. On vivait.

Brève cependant, cette période de défoulement. L'angoisse bientôt prit le relais. Passé le seuil de l'exaltation joyeuse, on se prit à éprouver une étrange peur de soi-même et des autres. On se laissa envahir par la crainte du désordre, la hantise de l'insécurité, le phantasme des hordes sauvages qui, disait-on, allaient fondre sur la ville, la piller, l'incendier, semer

partout terreur, carnage et désolation. On s'enlisa
dans le suspens de la menace. Des croyances aber-
rantes, des prophéties de mauvais augure se répan-
daient comme traînées de poudre, désorientant les
esprits, semant panique et redoublant l'angoisse. Ainsi,
un matin, tous les habitants se rangèrent-ils le long
de l'avenue principale pour attendre. Une grande
pécheresse, métamorphosée en hybride, moitié mule
et moitié femme, allait venir. On attendit l'être extraordinaire en tremblant d'effroi et de curiosité. On
attendit longtemps. Jusqu'à nouvelle prédiction. Jusqu'à prochaine illusion.

La désagrégation guettait, qui finit bien par surve-
nir, et plus sûrement que pécheresse en métamorphose.
On croyait que chaque conscience visait la mort de
l'autre. On croyait que le voisin méditait meurtre et
viol : pour se prémunir, on le devança dans le crime.
Le carnage généralisé ne tarda guère, qui atteignit au
paroxysme quand le manque d'eau se fit sentir, faute·
d'entretien des puits et des sources. La vie de la Cité
devint cauchemar. Du haut de son palais dans la montagne, le Tyran, à l'écart, observait la situation avec
intérêt. Il hurlait de rire à l'énoncé des faits qui lui
étaient rapportés. A vrai dire, il savourait son incomparable réussite : en bas, on tuait, on torturait, on
ravageait plus et mieux qu'il n'avait su faire en exerçant le pouvoir...

Quand la panique fut complète en ville, les survi-
vants se réunirent. Leur désunion se fit union. On
refusa unanimement que se prolongent souffrances,
meurtres, absurdités. Une délégation prit le chemin de
la montagne et demanda audience au Tyran.

— De grâce, ô Seigneur, aie pitié de tes serviteurs!

Sors de ta retraite! Soulage-nous, délivre-nous, libère-nous de nous-mêmes! Reviens!

Il se fit d'abord prier, le Tyran, prier et supplier, recevant avec une moue ennuyée ces appels, cette servilité, cette honte. Puis il posa ses conditions, qu'on se déclara d'emblée prêt à accepter − et donna enfin son accord :

− Je consens, ô fidèles sujets. J'accède à votre requête. Je vais donc me consacrer de nouveau à l'éprouvante tâche de gouverner. Mais j'exige en retour votre concours le plus complet, votre dévouement, votre abnégation les plus fidèles. Souffrances physiques et morales ne devront pas vous faire fléchir, car elles iront toujours croissant. Vous me dites : nous sommes venus chercher remède à notre douleur. Elle est la pire : elle est *présente*. Quant à moi, je vous en promets davantage encore, mais dans l'Ordre : vous la désirerez, puisqu'elle est *à venir, et vous soulagera de celle-ci...* Votre détermination au sacrifice sera inébranlable; votre fidélité, aveugle; votre soumission, absolue! Ainsi vous soulagerai-je du présent de la souffrance. Ainsi vous délivrerai-je de sa présence intolérable. Ainsi vous libérerai-je du jour qui est... par l'enfer de celui qui vient!

Liesse, clameurs de joie, festivités sans pareilles accompagnèrent son retour dans la Cité. Ensuite, tout changea. La ville devint Tyrannopolis. Promesse fut impérialement tenue, et accomplie l'aridité.

Et le sage vieillard de conclure :

− Le Tyran fut réinstallé au Palais du Gouvernement, et moi, ici...

− Mais qu'arriva-t-il alors? m'écriai-je.

− Sache d'abord, Ami, qu'à travers tous ces événements j'ai fini par percer le secret de la retraite volontaire du Tyran. Ce n'était pas lassitude du pouvoir, mais désespoir et quasi-impuissance. Certes, il coupait des mains et des têtes, il crevait des yeux, mais quelque chose d'essentiel, chez les êtres qu'il asservissait jusque-là, lui échappait toujours : la conscience. Il ne supportait plus son échec, il désespérait d'asservir pleinement les âmes, et son acharnement à martyriser les corps ne compensait pas ce manque. A la longue, croyant la tâche impossible, il s'était retiré. Et voici que ses victimes étaient venues à lui! Voici qu'il avait réussi, et que les âmes s'offraient d'elles-mêmes à sa férule!

» Il lui fut facile, dès lors, de renoncer à la violence physique d'autrefois, bien inutile désormais. A présent, il savoure l'étranglement de la pensée, l'étouffement des désirs, l'aveuglement des émotions. Son nouvel Ordre fonctionne quasi automatiquement, avec le concours effroyable de tous. Mais un phénomène récent est en cours, que personne ne distingue encore, et que je discerne du fond de l'immobilité où nous sommes : depuis quelque temps, nul n'a vu ni entendu le Tyran. Est-il au Palais? Lui seul, ou plusieurs personnes – des sosies? – tiennent-elles les rênes de l'État? Ceux qui vivent dans son entourage ne sortent jamais ni ne communiquent avec le dehors. Et ceux qui sont conduits au Palais n'en reviennent guère. Son pouvoir est un autre monde. Y domine la machine implacable de l'Ordre, qui tourne sans défaillance grâce à la discipline et à la soumission. L'ÉTAT APPARTIENT AUX HOMMES ET LES HOMMES APPARTIENNENT À L'ÉTAT, proclame une des maximes en vigueur : c'est, en un sens, la stricte vérité. Mais la situation est aujourd'hui telle que, j'en ai l'impression, la création du Tyran va finir par engloutir son créateur... Attendons, Ami, attendons. Je ne désespère pas de voir chuter l'aberration que j'ai vue monter!

Le sage vieillard, hélas, ne vit rien de ce qu'il espérait. Sa douceur, sa bonté, sa patience, l'atmosphère de paix qui émanait de lui, tout cela me fut brutalement retiré, un soir que le vent soufflait sinistrement et que la nuit s'annonçait âpre. Des gardes vinrent, jetèrent les livres pêle-mêle dans un vieux sac, et, s'emparant du vieillard, le soulevèrent comme fétu de paille et l'emmenèrent.

Longtemps j'espérai son retour. Puis je finis par admettre qu'il ne reviendrait pas... Un matin je fus désigné pour faire partie d'un groupe de mendiants menés au travail forcé. Nous étions sur un terrain vague, en lisière de la ville, occupés à casser des pierres. Je m'évadai. Mes longues courses à travers les montagnes et les sables avaient fait de moi un infatigable marcheur. On me laissa courir. Les gardes pensèrent sans doute que je reviendrais de moi-même, épuisé, contraint par faim et soif, rebroussant chemin face au désert immense. Mais mon élan était bien pris. Je ne me retournai pas. J'abandonnai cette Cité maudite.

Alors, ô Amis de la Cité de la Lumière Naissante, aux antipodes de Tyrannopolis, si vous désirez éviter le tourbillon de l'injustice et de la tyrannie, n'hésitez pas, marchez sans crainte à la rencontre des tempêtes de l'Angoisse. Le tourbillon risque de vous engloutir, mais la tempête peut aussi bien vous jeter sur les rivages de la Liberté.

Insatiable, l'Hydre de la Tyrannie :
plus elle boit, plus elle a soif;
plus elle dévore, plus elle a faim.
Elle a faim de vos cœurs.
Soif de vos âmes.
Tyrannopolis, direz-vous, c'est le passé, l'humanité
balbutiante de la barbarie...
Mais, ô Amis de la Cité de la Lumière Naissante, la
barbarie
est un bandit de grands chemins toujours à l'affût
dans la forêt de l'existence,
et la Tyrannie rôde, telle une araignée secrète tissant
sa toile dans les recoins de vos cœurs.
Amis, préparez-vous à vigilance!
Prévoyez un combat féroce!
Nombreux sont les chemins, les sentiers, les routes.
Nombreuses, les voies.
Nombreuses les haltes, les étapes, les demeures.
Claires, bien pavées, larges, les avenues qui
conduisent à Tyrannopolis!
Faciles, nettes, dégagées, les voies qui vont au connu,
au soumis, au démis!
Amis, vigilance, vigilance : observez
ce sentier à peine visible, qui file en sinuant vers le
lointain
et dont on perd trace à la moindre distraction.
Il n'est ni aisé ni rapide.
Il est plein d'embûches et de chausse-trapes.
Des pièges y sont semés.
Des précipices le bordent.
C'est un sentier à peine sentier.
Vigilance, Amis : ce chemin qui existe à peine,

qui peut-être n'existe pas,
est le bon et le seul, celui de la Liberté.

Prenez-le. Emportez-vous. L'homme est voyageur d'impossible, et la Halte suprême dépasse toutes les haltes.

La vraie Demeure abolit les demeures.

LA MAISON DES IDOLES

Ô pèlerins de la Kâ'âba, où êtes-vous,
où allez-vous ? Accourez !
Il est ici, l'Aimé que vous cherchez !
La Maison et sa splendeur,
vous l'avez bien décrite,
Mais parlez-moi aussi du Maître du Logis.
Si vous voyez sans forme la forme de l'Aimé,
Alors vous vous connaîtrez vous-mêmes :
A la fois Maître du Logis, Maison
et Pèlerinage.
L'Aimé est votre voisin,
Et vous errez sans fin au désert.
Dans quel espoir, ô pèlerins ?

RÛMÎ

Amis, vous avez pouvoir de nommer les choses, de créer sens et valeurs, et là réside votre liberté.

Mais ces valeurs que vous chérissez comme vos enfants, si vous en faites des idoles devant lesquelles il sied de s'incliner, vous vous prosternerez bientôt pour les adorer, et l'une d'elles deviendra Monstre.

Elle vous dévorera dans votre adoration.
Elle dévastera la Cité de votre Ame.
Elle engloutira votre pouvoir de sens.
Amis, si vous doutez encore,
écoutez donc l'histoire de la Maison des Idoles.

Le mirage indécis

Mes amis, hâtons-nous :
Il y a dit-on quelque part au désert
Une maison en ruine qui s'appelle
L'âme.

Bedel

Naguère, on m'avait dit qu'une des Demeures de la vie était la Maison de l'Ame, et qu'à l'occasion si brève de son existence, l'homme se devait de s'y rendre au moins une fois.

Un jour, je partis à la recherche de cette Demeure.

Je traversai maints pays, escaladai maintes montagnes, descendis maintes vallées.

Je ne rencontrai personne. Nul habitant à qui demander ma route. Nul voyageur pour en faire mon compagnon d'errance.

Partout, ruines, traces lugubres, cités ensevelies, silence, oubli. Ce spectacle disait désastre, catastrophe, cataclysme.

Ou monstruosité.

Alors je pensai que tous les chemins, d'où qu'ils viennent, peuvent conduire à la Maison de l'Ame. Je poursuivis ma marche sans m'attarder auprès des vestiges.

A midi, un jour, j'arrivai à l'orée d'un désert. La brûlure du soleil ne me fit pas reculer. J'entrai résolument dans la fournaise, et parcourus les ondulations ocre, l'étendue sans nom.

Tout désert ne recèle-t-il pas son oasis? J'avançai sans faiblir.

Pourtant, nulle oasis ne se présenta; nul puits d'eau limpide et fraîche, ni même tiède et saumâtre. Je tins bon. Un jour, j'aperçus, à l'horizon brumeux de la faim et de la soif, une forme cubique.

Je pris cette forme pour un mirage. Toute ma vie j'avais couru après des mirages : de peur de m'égarer une fois encore, je restai sur place, indécis.

L'homme aux cheveux de neige

C'est alors que m'apparut l'homme aux cheveux de neige. Vêtu d'une ample tunique de sable, appuyé sur un haut bâton, il marchait d'un pas lent mais ferme en direction de la forme cubique.

Je m'approchai et le saluai. Il me rendit mon salut avec beaucoup de douceur. Son visage, calme et souriant, ne montrait ni rides ni signes de fatigue. On l'aurait dit venant de se lever, auréolé d'une fraîcheur d'enfant. Il traversait le désert comme s'il se promenait, au matin, dans un jardin en fleurs.

— Mon Fils, me dit-il dans un sourire où je lus à la fois amusement et gravité, où vas-tu ainsi, et pourquoi tant de hâte?

— Homme vénérable, répondis-je, je suis le Voyageur des Demeures Lointaines. Je désire atteindre la Maison de l'Ame, et ce désir est un feu qui brûle les étapes!

— Alors tu n'as nul besoin de te presser. Ralentis le pas. Prépare-toi à la visite.

— Mais, ô Vénérable, les chemins sont longs, et les instants bien courts : il ne me reste que la hâte. Une fois, j'ai voulu alerter les hommes, les prévenir du retour du Monstre, et je me suis grandement dépêché. En dépit de ma détermination, de ma fougue, de ma vitesse, le Dragon me devança. Lorsque j'arrivai, il avait déjà fermement planté ses griffes au cœur de la Cité.

— C'est fort clair : dans ce cas aussi, ton empressement était sans objet. Chaque fois que l'on se trouve mis à la hâte, c'est signe qu'une occasion, déjà, a été manquée, qu'une négligence a marqué le premier pas. Que nous arrivions en retard ou en avance à la Maison visée n'aura nul effet, ni sur la Maison ni sur notre Visée. Es-tu prêt pour la visite? Si oui, tu dois le savoir, arriverions-nous même avec grande avance, il serait déjà trop tard — et serions-nous rendus au but avec grand retard, il serait encore trop tôt.

Il se tut un long moment, puis me sourit et reprit son propos :

— Fils, bien souvent, au long de vies entières, je suis venu ici. Avec mes jambes tremblantes et mon bâton de marche, je suis venu. Chaque fois j'ai retrouvé ce lieu, et ce que tu crois être un mirage cubique... Ne t'inquiète pas, cette fois encore, il est là; il ne saurait nous échapper.

— Je ne sais que penser. Si cette apparition est la Maison que nous visons, alors j'ai besoin d'être orienté. Soyez mon guide, ô Vénérable, et pas à pas je vous suivrai.

— Ah, Fils, obéir est facile, commander est dangereux! Mes longues vies m'ont permis d'observer attentivement les hommes : les disciplinés, les obéissants étaient vraiment soumis; mais tous ceux que j'ai vus commander avaient sans exception urgent besoin d'être eux-mêmes guidés... Puissent les générations à venir être averties du danger, du péril qui rôde sous ce besoin d'obéir et de commander!

Et je suivis le Vénérable aux cheveux de neige. Sa parole était selon mon cœur. Son approche, pleine de paradoxale sagacité. Tous deux, nous avançâmes lentement, posant le pied avec retenue sur le sol craquelé que mordait le soleil. Peu à peu, nous approchâmes de l'énigme cubique.

Lorsque nous y fûmes, il n'y avait personne, que nous.

Décontenancé, je me tournai vers mon compagnon. Il souriait.

— Tu vois : je t'avais dit de ne pas te hâter, mais de ralentir le pas afin de te préparer.

— Hélas, il est trop tard! Je n'ai plus le temps de me préparer. Ah, Vénérable, montrez-moi l'issue. Où est-il, le chemin qui mène au-delà du désespoir, au-delà du royaume des illusions?

— Oublie, Fils, oublie. Tes voyages, tes errances, tes pèlerinages : oublie. Vide ta tête de leurs souvenirs. Lave ton cœur de leur orgueil. Renonce à ce que tu crois attendre. Peut-être alors seras-tu prêt à visiter la Maison de l'Ame.

Un vertige m'envahit. En un instant je fus cet errant mourant de soif au désert, qui découvre à sec le puits enfin trouvé, et que submerge un désespoir sans limites. Mes jambes fléchirent. Tout vacilla. Je roulai au sol.

Ce qu'il advint ensuite, je ne sais. Sans connaissance, basculé sous le songe même de la vie, j'entrai dans l'éternité de l'oubli. Plus d'errance, plus de souvenirs, plus d'attente. J'enterrai mon orgueil dans le sable rouge.

Lorsque j'ouvris les yeux, un instant ou des éons plus tard, un sourire de toute bonté observait mon réveil. Le Vénérable aux cheveux de neige était là. Il me releva, m'aida à faire quelques pas, puis me voyant raffermi, m'invita à le suivre. Il se dirigeait vers ce qui semblait le seuil du mirage cubique.

— Ô Chercheur de la Maison de l'Ame, proféra-t-il solennellement, voici : Elle est ici. Entre!

— Mais je ne vois que rideaux noirs tirés sur des pierres noires...

— Fils, il y a deux regards : l'un, que fascinent les apparences; l'autre, qui communie avec le réel. L'un contemple la nuit pour n'y voir que ténèbre, l'autre y fait source, cœur qui palpite, lumière. Où l'un perçoit la pierre, l'autre goûte de l'âme. Où l'un voit des étoffes noires, l'autre...

Le Vénérable se tut, me laissant un moment à mon embarras, puis :

— Il fut un temps où cette Demeure était la source de la vie, l'autel de la révolte au vif de l'univers, la lumière du cœur dans la nuit matérielle.

Cette Demeure, autrefois : l'âme vivante de l'homme. Mais...

La rampante inconscience, peu à peu,
la rampante inconscience a envahi, envahi...

Ces pierres : de l'âme pétrifiée, plongée dans l'insondable sommeil de la densité.

Le but, en ce pèlerinage? Rien d'autre que la

contemplation de ces pierres de pierre noire. Rien d'autre que pierre, pierre, pierre...

Observe, Fils : les mystères y sont inscrits. Elle est le récit intégral de l'aventure du cœur. Son dedans est identique à son pourtour. Elle ne dissimule rien.

J'eus question de désarroi :

— Mais comment voir, ô Vénérable?

— Viens.

Le Musée

Il avança. Je le suivis.

Il tira brusquement le rideau. Une porte apparut.

Il entra.

Je franchis à mon tour le seuil — et butai sur une complète obscurité.

Un cri de désespoir m'échappa.

Je l'entendis rire dans les ténèbres.

— Fils, il y a un regard aveugle. Il ne contemple qu'opacité. Et il y a un regard qui voit. Prends garde : n'égare pas ton œil sous les taillis de l'impatience, et tu verras où tu te trouves : dans la Demeure de l'Ame!

Nous restâmes un long moment dans le silence, l'obscurité.

Un bruit, soudain, venu de très loin : un cœur, un battement de cœur. A coups sourds et réguliers, il semblait frapper à une porte inconnue.

Bientôt, vite, ce furent des dizaines, puis des centaines d'autres, et tous frappaient à cette porte.

Un vacarme, un martèlement de tambours ivres avait empli les ténèbres.

Les yeux s'accoutumèrent lentement. Des formes,

des contours apparaissaient. Une fois encore, la surprise et le dépit s'emparèrent de moi.

Partout, des statuettes, des statues, des figures diverses : entassées là, immobiles dans leur apparent désordre, elles prenaient valeur, à mes yeux, de décevante énigme.

Près de la porte, l'une d'elles, de grande taille, offrait une singulière physionomie, reflétant à la fois laideur et grâce, intelligence et beauté bestiale; fascinant et repoussant, l'étrange personnage semblait prêt à sortir à tout instant, bien que son attitude suggérât qu'il répugnait à quitter ce lieu. Je me détournai.

Alentour, debout, assises, couchées, des centaines de statues. Au milieu de leur muette assemblée, un délirant piédestal offrait socle à une gigantesque Figure, mi-homme mi-dragon.

— Qu'entends-tu, Fils?

— Des cœurs, d'innombrables cœurs qui frappent inlassablement à une porte inconnue.

— Ton écoute s'ouvre. Et que vois-tu?

— Des idoles, quantité d'idoles de pierre.

— Ta vision s'élargit. Il s'agit bien des cœurs de la signification engloutie qui battent dans les prisons de ces poitrines pétrifiées. Ils frappent et réclament liberté... La voici, la Demeure de l'Ame : elle n'est plus que Musée aux Idoles!

» Voici Satan, près de la porte, qui provoque attraction et répulsion, beauté bestiale, grâce équivoque : il est le plus ancien résident de ce lieu; toujours chassé, toujours il tente de reconquérir du dehors sa place instable et ambiguë, entre ténèbre et lumière.

» Vois cette figure qui joue avec le feu, sérieuse et grave sur une estrade en bois : l'Idole de la Raison.

» Et cette autre, sensuellement allongée sur son sofa, aux pieds de Satan : sa semi-nudité ravage les esprits, c'est l'Idole de la Volupté. Là-bas, cette statue ailée, élancée, au délié subtil, à la transparence cristalline, qui marche sur des cadavres et fixe le plafond : l'Idole de l'Ame.

» Plus loin, ce groupe robuste piétinant des êtres à demi étouffés, qui porte trône et roi de colère : l'Idole de l'Autorité...

La Figure et le Pont

Ainsi le Vénérable aux cheveux de neige m'initiat-il pas à pas à l'identité de nombre de statues. Il montrait et nommait. Sa voix faisait lumière. Enfin, je l'entendis déclarer, un ton plus bas :

— Cette gigantesque Figure, mi-homme mi-dragon, sur son socle absurde au centre de la Maison : Ego-Monstre, père et mère de toutes les idoles qui l'entourent. Toutes les idoles du Musée des Idoles sont en effet ses chimères, ses enfants, ses bras armés.

Il contempla longtemps la statue monstrueuse. Je respectai son silence. Se tournant vers moi, il me transperça soudain du regard :

— Peut-être as-tu compris maintenant pourquoi il n'était nul besoin de s'en remettre à la hâte, pourquoi notre arrivée en avance ou en retard ne modifierait en rien ni la Maison ni la Visée... Venus au plus tôt, nous aurions trouvé la Demeure déjà transformée en Musée des Idoles : sur la route de l'existence, l'idolâtrie est une étape inévitable. Venus au plus tard, il aurait encore été trop tôt, car nous serions arrivés avant la fin des Idoles... Ô fils, les clefs du vrai bouleversement sont entre les mains de ceux qui viendront après nous!

» Et toi, tu es un pont...

— Comment cela? m'écriai-je, pris au dépourvu par la formule. Que penser d'une telle image, ô Vénérable?

— Tu es un pont qui relie la demeure de ceux qui n'y sont plus à ceux qui n'y sont pas encore. Le chemin qui sort de la nuit et se dirige vers l'aube passe par toi.

Alors, élargis ta poitrine, enfonce fermement tes piliers dans le sol et élève haut tes arcades, afin que les flots déchaînés du torrent dévastateur, le Temps, ne puissent te renverser ni t'ébranler — en sorte que l'immense cohorte des révoltés à venir puisse marcher sur toi au-dessus des abîmes, sans craindre que le pont s'écroule sous leurs pas!...

Souriant toujours, le Vénérable posa sa main sur mon épaule. En ce seul geste, il me fit saisir la gravité, la responsabilité et la vigilance nécessaires face au désastre qui pourrait me prendre au dépourvu.

— Au début de mes pèlerinages, me confia-t-il, venir ici me conduisait à traverser des régions riches et verdoyantes. Chaque fois je retrouvais cette Demeure avec bonheur. C'était une splendeur vive, alors... Chaque fois aussi, la statuette d'Ego-Monstre, qui n'était d'abord qu'un ornement anodin, avait grandi. Une à une de nouvelles idoles apparaissaient à mesure. Le nombre de pèlerins allait aussi croissant. Les espaces fertiles, sur notre route, s'amenuisaient; çà et là, le désert faisait place nette. Bientôt ce furent des foules de pèlerins de toutes origines, races, couleurs, qui vinrent tourner autour de la Maison, se prosterner, apporter offrandes, témoigner foi et sacrifice. Et le désert alla croissant. Cette fois-ci, tu es l'unique pèlerin. A croire qu'aucun dévot du Monstre n'a pu survivre à son adoration, et que le Dragon a tout englouti, ravagé, dévoré... Ô fils, un registre du Temps s'achève! Le Grand Temps du bouleversement de l'Ame, de sa Maison, de sa Cité du Cœur, va s'ouvrir après nous!... Je ne saurais dire quand nous quittâmes cette Demeure. Au désert, le Vénérable marchait extrêmement lentement. Je ne le suivais plus, mais, sur son invitation, j'avançais à son côté. Notre chemin? Celui de l'horizon le plus lointain. Notre viatique? Le crissement de nos pas sur le sol, le silence. Ainsi parvînmes-nous à la croisée des sens, en un lieu qui ouvrait à la fois sur le levant et le couchant. L'homme aux cheveux de neige s'arrêta. Une terrible douceur animait son visage.

– Fils, voici venu l'adieu. Non pas séparation : adieu, c'est-à-dire prélude, en vérité, à notre parfait rapprochement...

» Vois : le vieillard usé par les âges que tu as devant toi vient de toi comme la lumière instantanée de ta conscience.

» Au début, voyageur de l'aliénation étranger à toi-même, tu m'as rencontré sans me reconnaître.

» Ensuite tu as désiré me suivre et que je sois ton guide : tu esquissais tes premiers pas vers toi.

» Tu m'as écouté avec attention et ferveur, trouvant justesse et profondeur à mes paroles. Puis tu as marché à mon côté. Nous voici face à face à présent :

» Tu te découvres dans le miroir de l'être...

» Nulle distance entre nous, désormais. En me reconnaissant tu es venu à toi. Tu es maintenant ton propre guide.

» Il est temps que cette étape soit également dépassée.

» Il est l'heure d'aller au-delà de *moi*.

Il désigna les deux pôles terrestres du soleil :

— Cette voie rectiligne qui se perd dans le couchant :
le passé, venu du Crépuscule de la Cité de l'Ame et
débouchant ici après avoir traversé vestiges et ruines
et villes fantômes. Tu en as parcouru les lieues et les
âges.

» Ce sentier mal tracé, en revanche, cette incertaine
avancée qui sinue en direction du levant : le voici, le
chemin de l'avenir, celui des révoltés, des amoureux
fous de liberté, de vie, de beauté. Il conduit à la Cité
de la Lumière Naissante.

» Prends-le, et va !

» En attendant l'arrivée des nouveaux architectes
de l'Ame — ceux, après nous, qui sauront briser les
idoles —, brûle les ronces, éclaircis les routes, *et fortifie
le Pont !*

Ainsi nous quittâmes-nous.
Ainsi empruntai-je la voie des avenirs.
Ainsi suis-je arrivé chez vous, ô Habitants de la Cité
souriante de l'Aurore !...

Vous avez vu, Amis, comme la Maison de l'Ame
est infestée par la terrible Idole :
Ego-Monstre, père et mère des chimères.
N'hésitez pas : brisez, ah brisez les idoles,
et jailliront les étincelles à rejoindre
le vrai feu !
Dans les labyrinthes de velours,
vos cœurs, vous entendrez,
les mille nuances du sens, et les secrets

et les mystères.
Vous découvrirez, prisonnière du Démon
adorateur de soi,
un Ange-Femme transformé en pierre
et tenu sous la coupe
du Charmeur, du Montreur d'Illusions,
du Dragon,
et, gisant dans les cages des poitrines
pétrifiées de l'idolâtrie,
un oiseau blessé, aux ailes trouées,
abîmé dans le désespoir
de ne plus s'envoler au ciel de la pensée.

Amis, les hommes aspirent au sens
et l'engendrent eux-mêmes.
Ils cherchent valeur au monde
et monde de valeurs,
et le créent corps et âme –
puis s'égarent...
Étrangers dans leur ville, convives
non souhaités dans leurs propres demeures –
Voici l'Homme, ô Amis :
créateur exclu de sa création,
inventeur oublieux de sa trouvaille,
il crée.
Il crée valeur et sens.
Mais l'insidieuse, la voluptueuse,
la rampante inconscience
envahit, envahit...
et il projette, lui, ah piètre magicien!
hors de lui cette valeur,
hors de lui ce sens,
et ne se souvient plus, lui, leur créateur,

et il en fait idoles, se prosterne devant,
les implore et n'en voit pas
la fin, l'inéluctable fin,
où l'Idole-Monstre ne manque pas,
ne manque jamais sa cible,
dévorant, anéantissant, engloutissant
homme, valeur et sens!

Une fois encore, ô Amis,
une fois encore écoutez l'aube.
Demandez au soleil qui monte de la nuit
sa trajectoire, et s'il recèle
un feu, ou une idole.

Amis souriants, heureux Amis,
préparez-vous à vigilance!
Prévoyez un combat féroce!

L'IDOLE DE SATAN
discours aux hommes

Histoire [1] du faiseur d'idoles et du tyran qui les protégeait.
Légende de l'Égoïste et de l'Ange du Sens.
Poème du Sage et des prêtres, ceux-ci adulant les idoles, celui-là les brisant.

---

1. Ici, la relation des discours du Voyageur de Minuit aux habitants de la Cité de la Lumière Naissante se concentre en un simple exposé. L'auteur, rappelons-le, a perdu l'original de son manuscrit sur la route de l'exil; il n'avait pas traduit les Cercles X, XI, XII, XIII, et XIV, mais en avait indiqué l'agencement interne et la trajectoire.

L'IDOLE VIRILE
discours aux femmes

La Reine du Désert aux pieds nus, ou : celle dont le souffle incendiait innocemment les idoles.

Quand respire la pureté.

La Courtisane sous le voile, nue.

Où gémit le vieux vent des voluptés esclaves.

L'Idole de l'Ame, ou la Fiancée en robe de laine de l'au-delà.

LA FOLIE ET L'AMOUR
discours aux jeunes

Préparatifs : toile de fond mythique, mise en place des décors; scène, espace et non-lieu.

Retour de l'amour fou, action :
Premier personnage seul sur scène.
Second personnage seul sur scène.
Les deux ensemble.
Rideau.

LA MORALE DES IDOLÂTRES

Ainsi le Voyageur, entre chants et danses, méditations et parole-fleuve, était-il accueilli avec bonheur dans la Cité de la Lumière Naissante.

Ses harangues, ses légendes, ses interminables paraboles recevaient ferveur et respect. Nombreuses, nombreux, celles et ceux de tous âges qui venaient le questionner et solliciter son avis. Jamais il ne se dérobait à ces dialogues. Il écoutait. Il répondait. Il souriait.

Il eut ainsi à discuter en profondeur de la Morale des Idolâtres, à propos de laquelle il évoqua la vraie nature de la modestie, les méfaits de la pitié, la dangereuse vénération de l'autorité – le Chef, le Maître, les Parents –, l'amour selon l'idole et l'amour des âmes libres, et il dénonça les chaînes des habitudes, de la fascination commode, de l'accoutumance à la soumission.

LES PRISONNIERS DU POUVOIR

Il les écouta longuement lorsqu'ils lui exposèrent leurs doutes et interrogations au sujet du commandement des hommes. Il leur répondit par la métaphore des Prisonniers du Pouvoir et eut à revenir sur l'histoire des destructions successives de la Cité de l'Ame. C'est ainsi qu'il survola, avec eux, les Ages de la Folie, de la Foi et de la Raison; les temps mythiques où les fous gouvernaient des contrées sans savoir; les temps antiques, où la Foi exerçait pouvoir absolu; les temps modernes, où la Raison militante dressait le monde à profit et domination : marchands d'illusions sur acheteurs de poussière, le nœud était bouclé, l'Ame bien étranglée.

Il surplomba l'avenir : Age du Retour du Mythe, ère de la Folie combattante, qui passait irrémédiablement par le règne des Philanthropophages. Ainsi en vint-il tout naturellement à évoquer l'impossible communication entre les êtres, à traiter de l'éloignement et du rapprochement, des échos et appels, résonances, origines...

DIALOGUE DE L'IMPOSSIBLE

La question des questions

Un jeune habitant de la Cité de la Lumière Naissante un jour voulut savoir, et sut qu'il devait chercher. Pour la connaissance, il résolut de se porter au-devant des lointains. Avant de quitter la Ville, il eut idée de prendre conseil auprès du Voyageur.

— Ami Voyageur, je veux savoir, mais j'ignore quoi. Je brûle de chercher, mais ne sais comment. Que faire?

— Mon jeune ami, ta question restera sans réponse, l'heure de ton départ ne sonnera pas de si tôt, si tu ne sais pourquoi tu cherches.

— J'ai seulement voulu dire que j'ignore ce que je cherche. Mais je sais pourquoi il me faut chercher.

— Alors?

— Tu as sans doute remarqué, ô Voyageur, l'étonnement, et parfois l'angoisse, qui nous assaillent à l'aube du réveil, après un long sommeil : le dormeur émerge doucement, il ne dort plus vraiment mais il n'est pas encore tout à fait éveillé — et il ne reconnaît plus les choses ni les êtres, le monde lui semble étrange, voire étranger, et lui-même aussi bien. « Où suis-je, se demande-t-il, qu'est-ce que tout ceci, que suis-je, qui? » Ah, Voyageur, ce dormeur semi-éveillé, cette perception égarée des premiers instants, c'est moi! Et j'interroge : qu'est-ce que ce moi?

– Ami chercheur, répondit, visage rayonnant, le Voyageur, tu es un véritable habitant de la Cité souriante de l'Aurore. Une belle lueur de sens a jailli de ta question. Oui, la Demeure de l'Aube est bien celle du demi-éveil qu'il faut impérativement atteindre, et qu'il convient ensuite, de haute nécessité, de laisser en arrière. Ô Ami chercheur, les chemins sont tortueux et pénibles! Ils sont bordés de précipices. Ils traversent rocailles, ronces, montagnes, déserts. Mais ils seront ta première étape, celle qu'on appelle Demeure du Réveil. La seconde aura nom Angoisse : tu le sais, il ne faudra pas la fuir, seulement éviter de t'y installer. Là, tu trouveras à t'instruire. Là, tu apprendras à la racine, et tu pourras poursuivre ta quête, nanti de fructueuses provisions de route.

» Tu t'orienteras alors sur le chemin du Retour à Soi, lequel mène à l'étape suivante : la Demeure de l'Ame réconciliée.

» Puis viendra l'aventure de l'Océan du Sens, où tu prendras garde aux sirènes, aux mélodieuses filles du charme et de la volupté, par la grâce de qui nombre de chercheurs, à ce point de leur voyage, ont trouvé naufrage, inconscience et dissolution dans l'écume et la houle des plaisirs. Sois vigilant, ô jeune ami, sur l'Océan du Sens! N'oublie pas la voie du retour à la Cité de l'Ame! Sinon, ton pèlerinage n'aura été qu'errance égarée, piste dérobée, recherche engloutie!

» Tu vas prendre la route, Ami, et emprunter un pont.

» Je suis ce Pont de ton envol, aussi t'accompagnerai-je aux commencements.

» Les pas que nous accomplirons ensemble seront l'espace de nos adieux.

Les compagnons de l'éloignement

Ainsi le jeune homme et le Voyageur prirent-ils de concert le chemin de la vaste plaine. Ils marchèrent longtemps en silence. De loin, ils aperçurent un homme assis au bord de la route. Un autre arriva, qui s'arrêta et entama discussion avec l'inconnu. On pouvait les voir communiquer avec force gestes à l'appui. Mais lorsque les deux voyageurs arrivèrent à leur hauteur, ils comprirent que ce dialogue était parfaitement vain : l'un, muet, poussait de vagues et discordants grognements; l'autre, sourd, babillait et gesticulait dans le vide.

— Ami Voyageur, dit le jeune homme, tu m'as expliqué, au cours de notre marche, que toute vraie question devait être colorée de sens, et qu'au long du chemin de la vie il fallait demander sa route aux autres et leur répondre lorsqu'eux-mêmes cherchent leur voie. Mais quelle question poser, quelle réponse apporter si les hommes sont comme ces deux-là, qui ne peuvent ni donner ni recevoir et jamais ne se parlent vraiment?

— Ta question est à la source de toutes les inquiétudes. Tu as pu la poser, mais la réponse exige préparation. D'abord il te faut interroger la question elle-même. Demande-toi d'où tu es parti : tu découvriras alors le sens que tu avais mis dans ta question. Si tu n'avais semé la moindre graine de signification dans ta question, comment récolterais-tu réponse?

— Mais alors, qu'est-ce qu'une question authentique?

– Quand la pensée vivante y découvre une lumière qu'elle reconnaît comme sienne, la question est dite signifiante : elle a jailli du fond de l'angoisse, elle n'a pas présupposé réponse fixe, elle a vraiment creusé.

– Comment être en mesure de formuler de telles questions ?

– Les hommes, ô jeune chercheur, passent nécessairement par des périodes successives au cours de leur développement spirituel. Aussi à tout moment chaque individu se trouve-t-il dans une Demeure qui lui est propre : il est plus qu'improbable qu'au même instant deux êtres coïncident dans leur apparente rencontre. L'homme est un voyageur solitaire. Ressemblance et uniformité sont les mirages des impatients, des assoiffés du rapprochement. J'ai vu tant de gens, jour et nuit ne se quittant jamais, qui vivaient en fait à des années-lumière les uns des autres! Ils communiquaient mais ne s'entendaient pas, chacun, dans son désert, ne parlant qu'à lui-même et ne communiant avec rien... Et lorsque deux semblaient ne faire qu'un, parfaitement proches et accordés, gravissant la même Échelle, alors il se révélait qu'ils ne pouvaient demeurer sur le même barreau, et l'un contemplait des perspectives, en haut, que l'autre, plus bas, ne pouvait pas même pressentir.

– Ami Voyageur, si la communication entre les hommes est impossible, ou illusoire, nulle question ni nulle réponse n'ont la moindre valeur!

– Point d'impatience, Ami! Tu viens de toucher la vanité des relations superficielles, des rapprochements hâtifs, des rapports floués : ne sombre pas pour autant dans le désespoir de l'impossible. La découverte des obstacles à la parole n'est pas mort des vraies inter-

rogations, mais dévoilement et prélude à leur naissance... Marchons plus avant, veux-tu?

Au bord du fleuve Temps

Ils repartirent en silence.
Marchèrent.
Parvinrent à une ligne de partage des eaux.
Au-delà d'une haute chaîne de brume planaient deux
étendues horizontales – une seule en fait, que divisait
la courbe d'un puissant fleuve.
De part et d'autre des flots, sur chaque rive, deux
hommes se parlaient au lointain, lançant messages à
coups de cris – car les tourbillons mugissaient et grondaient de remous en cascades –, à coups de gestes
compliqués, à coups d'énigmes équivoques.
– Sont-ils comme les précédents, sourd et muet?
– Non. C'est plus grave. L'un croit que lui-même et
son interlocuteur se trouvent sur deux plaines immobiles que séparent les eaux d'un fleuve; il pense qu'une
barque ou un pont pourraient les relier. Son vis-à-vis,
esprit plus fluide encore, soutient une autre réalité :
selon lui, chacun marche sur une île distincte, flottant
à la dérive au sein d'une mer illimitée; le hasard des
courants a rapproché ces îles, de sorte que la distance
entre elles paraît réduite à un fleuve... Entreront-elles
en contact, en collision, en unité, ces îles de grand
écart, ou bien s'éloigneront-elles à nouveau pour ne
plus jamais se retrouver?
» Sache, ô chercheur, que nous sommes semblables
à ces êtres. Chacun de nous distingue la voix et les

gestes de l'autre, mais la signification de ceux-ci lui échappe.

— Alors, ô Voyageur, où trouverai-je jamais réponse sûre et vraie question?

— On ne trouve pas la vraie question toute faite, comme une pierre au bord d'un chemin : on la tisse avec patience, comme une étoffe, avec les fils de l'être. La réponse certaine, de même, n'est pas un cadeau préparé d'avance : on la bâtit lentement, comme une maison. Chaque question crée du sens. Il faut apprendre à en reconnaître le fil pour pouvoir tisser la bonne étoffe.

Oasis du défi

Ils longèrent le fleuve.

Ils quittèrent la plaine vide.

Ils rencontrèrent un îlot de verdure.

Des arbres centenaires, des bras d'eau limpide, des murmures sous roche, des rires, des enfants : une oasis, enfin!

Brusque vacarme du bonheur, tumulte de vie : grande question qui palpitait là.

Ils ne dirent mot.

Ils venaient du désert, de la désolation aride, de la pierraille hors sève :

Ils contemplèrent avec respect, avec émotion et recueillement, l'explosion vitale.

Le même jour, plus loin, ils rejoignirent un village en deuil.

Un très petit cercueil allait descendre en terre.

Un enfant avait fait une terrible chute en jouant dans les rochers.

Ils laissèrent derrière eux cimetière, villages, oasis.

Ils marchèrent.

Lorsqu'ils marquèrent une pause, le jeune homme questionna :

— Voyageur, dis-moi : qu'est-ce que la vie ? Que signifie la mort ?

— Tu as vu : après la grande question, l'explosion vitale, la réponse définitive, le silence de la mort.

» Ami, ces événements, en les désignant, en leur donnant nom, nous les transformons en valeurs et sens. Mais interroge la pierre : à la question de la vie et de la mort, que pourrait-elle répondre ? Demande aux animaux : ils vivent, ils meurent, mais questionnent-ils l'existence ? Considèrent-ils que la mort en soit la réponse ?

— Ah, Voyageur, je m'y perds ! Je ne sais toujours pas où trouver la question, ni la question de la question...

Ils reprirent marche.

Le jeune homme avançait vite, s'arrêtant de temps à autre pour attendre le Voyageur.

L'Homme de la Porte de Minuit semblait chercher un rythme au sol, comme près d'esquisser quelque danse.

Il souriait à demi.

L'impatience de son compagnon n'était pas sans l'émouvoir. Lui-même, jadis...

Il stoppa, observant l'autre qui revenait.

Il traça un cercle dans la poussière.

Il désigna sa place à la fougue, puis :

Interroger, ô chercheur, c'est déjà, dans le mutisme de l'univers, chuchoter sens. L'enfant demande : « Pourquoi les oiseaux volent? Pourquoi les montagnes ne bougent pas? Pourquoi les étoiles ne tombent pas? » Tous ces pourquoi éclairent et donnent valeur à voler, bouger, tomber, et oiseaux, montagnes, étoiles reçoivent ainsi lueur et couleur de sens. Mais l'enfant inconscient questionne la vie et ne reconnaît pas la mort. Mais le vieillard ignorant oublie la vie et questionne la mort sans obtenir réponse. Ainsi vont les hommes : ou bien, tels les enfants inconscients, ils se jettent dans le tumulte de la vie, se perdent en route et n'arrivent nulle part; ou bien, tels les vieillards ignorants, ils prêtent l'oreille à la voix des morts, s'acheminent vers la demeure du silence et disparaissent, étrangers à eux-mêmes dans un néant étrange.

Mon jeune ami, trois voies sont ouvertes :

La première est empruntée par ceux qui, sans avoir posé de question, reçoivent réponse et s'en contentent. Ceux-là s'endorment à vie dans un sommeil de pierre.

La seconde constitue le parcours de ceux qui entament leur voyage avec de vraies interrogations, mais qui n'obtiennent pas éclaircissement assez vite à leurs yeux, cèdent aux mirages de la fascination et s'égarent en route. Ces deux voies sont courtes, faciles.

La troisième est abrupte.

Elle convient aux amoureux fous de la liberté.

Trois Demeures sur sa trajectoire : le Réveil, l'Angoisse, l'Ame réconciliée.

Courage, ô Ami, c'est la tienne!

Elle te permettra d'atteindre les trois Demeures, et
de les dépasser.
Alors tu sauras
quelles questions
poser à la vie.
Quelles réponses
donner à la mort...

L'air était pur, vivifiant. Le soleil allait passer sous
l'horizon.

Le jeune homme essaya autre chose :
— Si la mort est le destin des hommes, que signifie
ce destin ?
— La mort n'est pas le destin. Ce dernier mot concerne
l'être de la vie, non le non-être de la mort. Il surgit
du non-être, à la source de toute vie, et insuffle de
l'être dans la mort. Tout ce que je puis t'en dire, Ami,
tient en ceci : sous l'angle du destin, une mort accidentelle est arrêt de celui-ci. Une mort nécessaire en
est l'accomplissement.
— Accidentelle ? Nécessaire ? Quelle différence entre
ces morts ?
— L'accidentelle est une plaisanterie absurde et de
mauvais goût. Elle est comme un brigand tapi dans
l'ombre, qui guette aux tournants de la vie, attaque
brusquement, coupe gorge et aventure, dépouillant
l'homme de ses atours de valeurs et de sens, le jetant
à sec comme une truite asphyxiée sur les galets brû-
lants d'un élément inconnu — l'air —, sur quelque rivage
de non-sens. Et la nature semble posséder grande
réserve de ces mauvaises farces... Mais qui sait ce qui
se trame derrière le voile de cette absurdité ?
— Et la mort nécessaire, ô Voyageur ?

– Elle change la vie en destin. Elle éclaire d'une vive lumière de cohérence l'ensemble du passé. L'homme meurt à chaque instant, ô chercheur, mais son ombre le suit et invente son avenir. Tout ce qui a commencement un jour doit trouver fin. Dès l'origine, l'être conscient se prépare à mourir, et cette action donne son sens ultime à la vie. Sans une telle fin, une fin à finir conscience, que seraient donc destin et liberté?

Un village
au bout de la plaine

A nouveau, une oasis se présenta.

Eau, ombre des arbres, oiseaux, village.

Cette fois, au cimetière, une foule se recueillait pour l'enterrement du patriarche des lieux.

Plus de cent ans, jamais malade, il avait posé la première pierre de la communauté. Il avait irrigué, fertilisé, ensemencé, planté.

Arbres fruitiers, fleurs, jardins, femmes, enfants, petits-enfants...

Il s'était endormi l'autre soir pour ne plus se réveiller.

Tout le monde ici l'aimait et le pleurait.

Le Voyageur se tourna vers son compagnon :

– Voilà une mort nécessaire.

Un prêtre prononça un très long prêche, qu'il conclut ainsi :

– Le corps est périssable. Il est une poignée de cendre qui se disperse au vent, mais de laquelle une étincelle s'envolera vers le feu éternel. Le corps est la prison de l'âme, et celle-ci, la mort vient la libérer. Ainsi la mort n'est-elle pas la fin de tout, mais le commencement de la vie éternelle.

Les deux compagnons s'éloignèrent lentement.

— Paroles non nécessaires sur une fin nécessaire, murmura l'Homme de Minuit.

— Ami Voyageur, qu'est-ce donc que l'Ame ?

— Sûrement pas un oiseau emprisonné dans la matière ! Plutôt une maison à construire, un jardin à cultiver. L'homme bâtit, mais ne sait guère quoi. Il a jardin à disposition, et ignore quelles graines y semer. J'en ai tant vu qui érigeaient demeure pour l'Ame, qui en soignaient les ornements, mais négligeaient les fondations ! Bientôt tout s'écroulait, et leur logis n'était que ruines. D'autres, insoucieux des socles et parures, tournaient à l'errance, hors foyer, sans abri.

» Ô chercheur, la Cité de l'Ame est à bâtir sans cesse pour que, sans cesse, la vie revête lumière de sens !

Dialogue au cœur de la nuit

La soirée se creusa. Calme. Fraîcheur.
Milliers d'étoiles par les espaces.
Brise, fidèle compagne des nuits sans bornes.
Ils contemplèrent la fête astrale.
La question de l'Ame longtemps resta sans mots.
Juste l'air, la voûte céleste, la Voie Lactée...
Bruissements des sables et du sang.
Zénith au cœur.
Écoute.

Enfin parole se fraya source, et le jeune homme eut cette question :

– Le prêtre disait le corps périssable et l'Ame immortelle. Qu'est-ce donc que l'immortalité de l'Ame, ô Voyageur?

– L'immortalité de quelle âme? S'il s'agit de gens qui n'ont pas même tenté de lui bâtir chaumière, alors la question ne se pose guère. Et si tu parles d'hommes qui construisent quelque chose, mais sans trop savoir quoi, leurs châteaux s'écrouleront vite, ils mourront, glisseront vers l'oubli, et rien ne survivra de leurs faibles ciments.

Une étoile filante passa, laissant sa trace dans leurs cœurs, l'ayant semée d'abord au ciel. Le jeune homme la salua comme un être. L'instant suivant, il insistait :

– Mais... le sort des Ames libres dans l'éternité?

– Celui qui bâtit consciemment la Cité de l'Ame achemine celle-ci vers l'inconnu, l'illimité de la beauté : c'est en chemin que s'immortalise l'Ame. L'éclat qu'elle laisse derrière elle, comme l'étoile filante, est visible dans l'influence qu'elle exerce à travers les âges sur les actes et les pensées des hommes, elle est manifestation de valeur et de sens, elle vit. Ce qu'elle rencontre au-devant d'elle est invisible; on ne sait ni où elle va ni quelle lumière elle projettera sur l'avenir... Seuls les amoureux de la liberté, dont les Ames s'acheminent vers la beauté illimitée de l'inconnu, peuvent s'approcher de comprendre.

– Le prêtre disait aussi que la mort n'est pas la fin de tout, mais le commencement de la vie éternelle : cette vie après la mort, peut-on la concevoir?

– *Si la flamme éteinte peut garder mémoire de ses étincelles,*

» *Nous aussi, dans le néant, aurons souvenir de la vie.*

» Voilà ce que dit le poète. Mais l'expression de « vie après la mort » s'accorde difficilement avec le rythme d'une pensée solide. Si la vie se poursuit, d'une façon ou d'une autre, comme elle s'est déroulée avant la mort, le mot de « mort » n'est qu'un son inutile et vide.

» Où vont ceux qui disparaissent? demandent les vivants avec angoisse. Il y en aurait une autre, d'angoisse, à s'interroger sur leur apparition, ce qu'ils ne font guère. Si notre soif de vie nous fait chercher existence au-delà de la mort, pourquoi ne pas en envisager une en deçà de la naissance?

» Ami, un commencement, une arrivée n'ont sens que relativement à un départ, à une fin. J'ai connu un sage qui soutenait ceci : la vie est douleur et malheur en raison du désir effréné des hommes de parvenir à un bonheur de jouissance; cette soif engendre un espoir de vie au-delà de la mort, lequel à son tour aggrave les souffrances de la vie présente. Et puis, s'il se rencontrait plaisir dans la tombe, il s'y trouverait aussi douleur, car l'un ne va pas sans l'autre. Ce sage disait encore que, même si rien n'a lieu après la mort, nous ne devons pas céder à l'inquiétude. L'inquiétant serait qu'il y ait quelque chose, et que la vie, avec ses chaînes en noir et blanc, ne s'interrompe jamais...

Le terrain de l'aurore

Sur ces paroles s'acheva la nuit.

L'aube jetait lentement sa pâleur sur la terre.

Les voyageurs se mirent en marche.

Le matin n'était pas encore là qu'ils atteignirent une étendue rase de toute végétation. A travers les brumes du petit jour, on y distinguait les traces sinueuses de nombre de routes.

Au départ de chacune, des panneaux. Leurs inscriptions comportaient un chiffre dans le coin gauche et, au centre, un nom de lieu accompagné de renseignements.

Le premier panneau, le plus flamboyant, marquait l'ouverture d'une large route pavée qui s'en allait vers l'ouest :

1. TYRANNOPOLIS

Distance :
celle qui vous sépare
de votre cœur.
Ici commence
la voie royale qui vous conduira
sans encombre à la Cité grandiose
érigée dans le feu.
Visitez
sa Vallée des Pleurs,
ses Châteaux-Détresses,
ses Plaines des Mille Souffrances!

Le second annonçait :

2. LA VILLE FANTÔME,
OU LA CITÉ DU SILENCE

Distance :
0,000 à l'infini.
Voie sans retour
vers calme profond, repos absolu
au bord du Fleuve Oubli.
On visitera

ses ruines sublimes au crépuscule,
Son Temple du Dragon,
sa Taverne de l'Insouciance,
ses forteresses d'Inconscience...

Les autres panneaux étaient de dimensions plus modestes. La succession irrégulière des chiffres laissait entendre que bon nombre avaient disparu. Signalant des chemins fort délabrés qu'envahissaient les ronces, deux, très anciens, indiquaient :

49. ROYAUME DES FÉERIES,
OU LE MONDE MERVEILLEUX DES RIVAGES
RETROUVÉS

Distance :
celle qui va
de la vieillesse à l'enfance.
Avec ses paysages de rêve,
son subtil et somptueux Palais des Fées,
ses Pics du Géant blanc et du Géant noir...

50. FOLIE-SUR-AMOUR,
OU L'EXTRAVAGANTE CONTRÉE
DES SENSATIONS FORTES

Distance :
celle qui sépare tout voyageur
de son ombre.
Avec sa Plaine de Leïla aux tulipes rouges,
sa rivière Amour
et son célèbre Pont des Extases !

Plus loin, trois maigres panneaux, très endommagés par le temps, où l'on pouvait seulement déchiffrer les noms des lieux, le reste étant devenu illisible :

98. LE TERRAIN DU RÉVEIL

99. OCÉAN DE L'ANGOISSE

100. DEMEURE DU RETOUR À SOI

Un dernier retint encore l'attention des deux voyageurs. Il gisait au sol. Le chemin qu'il devait désigner était introuvable. Aussi loin que l'on voyait, il n'y avait là que cailloux et buissons d'épines. Celui-là ne portait pas de numéro, mais, à sa place, un point d'interrogation. Avec beaucoup de difficultés, ils reconstituèrent ceci :

?. DEMEURE SUPRÊME
DE LA LIBERTÉ
Région inexplorée, sauvage
et semble-t-il déserte.
Distance : indéterminée.
Attention!
Chemin dangereux, précipices!
Inconnu!

Le Voyageur se tourna vers son jeune compagnon :
— Ami chercheur, voici venu le temps des adieux. Ici commence ton voyage essentiel — sans moi. Et puisque approche l'heure où nous devons nous quitter, dis-moi : qu'as-tu vu, depuis que nous marchons?
— Ô Voyageur, j'ai entrevu la voie de la vraie vie, où l'homme est toujours seul, et je vais à mon tour entamer l'aventure.
» J'ai vu, à travers toutes les Demeures, comme est volontiers proche celle de la Tyrannie.

» J'ai vu que la Cité du Silence n'en est guère éloignée.

» J'ai vu que le Royaume des Féeries et Folie-sur-Amour se situent bien au-delà, et comme leurs routes sont difficiles.

» Et j'ai vu, surtout, le sentier passionnant, le repère insoumis, la piste abrupte — celle qui conduit invisiblement à la Halte Suprême de la Liberté.

» Et j'ai vu le facile égarant et pervers, et l'âpreté des voies ouvrant plus haut le cœur!

» Je pars, ô Voyageur, sur le chemin inexploré!

— Ami, tu viens de traverser le pont : permets que je me retire...

Ainsi s'en alla le jeune homme.

Ainsi le voyageur de Minuit fit-il demi-tour.

Pour participer à l'exil de la lumière, il revint vers la Cité des hommes.

L'UNION, LA FORCE, LA TYRANNIE

Un habitant de la Cité de la Lumière Naissante un jour vint trouver le Voyageur. Quelque chose l'intriguait. L'atmosphère, en ville, avait imperceptiblement changé :

Jusqu'à maintenant, Ami Voyageur, tu étais le seul à tenir discours public, à adresser à toutes et à tous paroles de légende et de sagesse. Mais sais-tu ?

Il y a désormais parmi nous un homme qui parle beaucoup, et fort.

Parmi les jeunes, qui l'appellent le Robuste Orateur, nombreux ceux qui l'écoutent et qu'enthousiasment ses propos !

Parmi les adultes, nombreux également ceux qui tiennent en estime sa façon de voir...

Il prêche l'Union.

Il dit que c'est la seule vertu qui importe.

Qu'elle seule fait la force des peuples.

« Donnez-vous solidement la main, dit-il, et unissez-vous sous les ordres d'un dirigeant infaillible et puissant.

« Il vous conduira vers la gloire.

« Vous serez les hommes les plus riches de la terre, et le monde en passera par l'acier de votre volonté.

« A la grandeur de votre Cité, toutes les nations sacrifieront. »

Ami Voyageur, ce discours me trouble. Que présage-t-il, selon toi ?

Un coq de mauvais augure

Une immense tristesse avait envahi l'Homme de Minuit.

Ainsi, le signe de la fin montrait sa première griffe.

S'arrachant à la sombre vision qui l'étreignait, il en fit ce commentaire :

Ami, le coq chante au lever du jour.
N'as-tu jamais entendu cependant,
au creux même de la nuit, les criaillements
stridents des coqs de mauvais augure,
annonciateurs de fausses aurores ?
Ton Orateur est l'un de ces coqs.
La nouvelle qu'il apporte ?
Une force, une inauthenticité,
qui présidera
à l'aurore d'un soleil sanglant !
Ce soleil bientôt brûlera,
incendiera, aveuglera.
Ô Ami, maintenant le Monstre est en route.
Il est tout près déjà.
Il approche dans la crête du coq !
Vite : préviens les habitants.
Qu'ils se préparent à vigilance !
Qu'ils prévoient un combat féroce !

– Que leur dire ?...

– Dis-leur : ceux qui prêchent l'union sous les ordres d'un infaillible despote sont l'avant-garde de l'armée du Dragon, les porte-drapeaux du Monstre ! Quand ils apparaissent, c'est signe que l'horreur est proche. La Cité n'a nul besoin de l'union des ignorants, des dupes de la bêtise musclée, ni de la solidarité des inconscients, des brutes casquées, des apôtres de la force ! Aux habitants, il faut crier vigilance, il faut crier combat !

– Mais encore, ô Voyageur ?

– Dis-leur : l'union, la solidarité, la puissance dont parle le coq de mauvais augure, tout cela n'est qu'aveuglement du cœur, ténèbre de l'esprit et bassesse de l'âme !

» C'est porte ouverte à la Tyrannie !

» C'est lâcheté de ceux qui, étrangers à leur vie, se précipitent sous la férule la plus proche pour n'avoir rien à décider, mais seulement gueule de chef et rictus d'idole à suivre ! La soumission des dévots de l'ordre et de la veulerie, voilà en effet ce que désire le Monstre, voilà la pâture dont il tire son énergie !

» Ah ! dis-leur de refuser ! Dis-leur : vigilance et combat sans merci !

Des périls
de la solidarité

– Dis-moi : comment leur faire pressentir le danger ? La solidarité n'est-elle pas chose nécessaire et bonne ?

La vraie solidarité, ô Ami, est amour...

Celle dont ce coq fait vertu est uniformité, étranglement, refus de la beauté. Sous un tel étouffoir, finie, la création! Finie l'harmonie dans le chatoiement des choses et des êtres! Fini, avant même de commencer, le Voyage vers la Liberté!

Cette solidarité-là n'est que l'union des idolâtres!

Leurs temples seront toujours plus solides, plus massifs, plus colossaux. La grâce les aura fuis, la tyrannie les tiendra bien en laisse, leurs pensées rouleront comme des pierres...

Cette solidarité-là? — L'immobilisme de l'esprit, quand il a besoin de l'aiguillon de l'effort, de la différence, de l'énigme à résoudre!

Ô Ami, les fourmis bâtissent pour elles-mêmes de telles forteresses de solidarité. Aucune puissance de la nature n'a pu y creuser faille — mais aucun souffle de liberté non plus... Depuis la nuit des temps, ces travailleuses acharnées s'en remettent à la discipline de fer de leur ordre. Une étape située aux commencements de la vie : voilà leur demeure fixe, dénuée d'évolution, à jamais bloquée dans sa loi. Est-ce ainsi que doivent s'organiser les hommes, ô Ami?

Vois maintenant la trajectoire des singes, leur indiscipline, et comme certains évitèrent de se conformer au modèle de leurs semblables, renoncèrent au monde facile des forêts, aux balancements, aux fruits suspendus de l'innocence. Par l'audace de l'errance à travers l'univers aride, quelques-uns franchirent le seuil animal et posèrent pied dans la trace humaine... C'est en se séparant de leurs semblables, en se désolidarisant de tous ceux qu'endormait l'uniformité de leur sort, qu'ils se sont acheminés vers la perfection de l'être – vers son infinie possibilité !

Ô Ami, c'est l'angoisse de son âme en éveil qui pousse l'homme vers la Liberté. C'est sa lâcheté face à la vieille peur, c'est sa reculade devant l'angoisse qui le précipite dans la tyrannie !

Ami, le coq de mauvais augure te criaille grandeur, gloire et puissance : il veut dire soumission, croupissement, esclavage...

Laisse-moi plutôt mémoire de ce que j'ai vu de plus grandiose au monde, de plus sublime, où respiraient la Liberté, le large, le profond :

Des traces de pas sur le sable d'un rivage, entre le ciel et l'océan.

Et maintenant, si tu m'en crois, va, et dis-leur, dis-leur que la menace n'est plus légende à venir, mais qu'elle est là et que le Dragon rôde au couchant de leurs cœurs...

– Et s'ils croient à la gloire, ô Voyageur ? Que glorifie-t-on, dans le monde de la Liberté ? Qu'exalte-t-on, en Liberté ?

Ami, qui aspire à la Liberté n'a nul besoin de tapage et de gloire. Celui qui a engagé le plus grand combat de son existence, qui est bouleversement profond de l'Ame, qu'irait-il courir après la splendeur de ses actes ? Cette transformation intérieure est révolution permanente : pour lui, pas un instant de répit, pas un moment de miroir où il contemplerait, et ferait contempler, l'admirable trajectoire de sa démarche ! La vanité lui est étrangère. Il est en route vers la beauté.

Son imperfection lui importe bien davantage que ses réussites. Plus qu'à l'orgueil, c'est à l'angoisse qu'il a recours. Pour le propulser vers l'effort conscient, l'endurance, la maîtrise de soi :

Voilà par où passe la grandeur de la Liberté.

Sa gloire s'accomplit dedans, à l'insu général, sans personne.

Qui emprunte ses voies rejoint la discrète cohorte des architectes de l'Ame.

Qui accepte ses épreuves voit jaillir la secrète harmonie.

Qui saisit son unité n'a plus besoin d'union, n'a plus peur du divers...

Va, Ami, dis-leur qu'ils se préparent!

Dis-leur : vigilance et combat, et Menace!

Dis-leur, ah, dis-leur la Menace immonde :

qu'elle n'est plus légende à venir du fond des temps et des rêveries,

mais qu'elle est là, et que le Dragon rôde au couchant de leurs cœurs...

CITÉ DU CRÉPUSCULE

Écoutons encore Rûmî :

Sortir du Moi nommé?
Pour aller où?
Vers le Moi sans nom, dedans.
Car seul l'intérieur est sens
Et la surface n'est qu'un nom.

Au centre de la Ville un jour il y eut foule. Une foule jeune, une foule d'impatience et d'enthousiasme. Le Voyageur se rendit sur place, et observa.

Le Robuste Orateur, debout sur une haute estrade, enflammait son auditoire. C'était un personnage trapu, entre mépris et arrogance. Et pour la voix, dure, forte, raboteuse :

– Citoyens, camarades! Ne savez-vous pas que notre Cité est la plus grande et la plus belle au monde? Hélas, voici là une vérité qui dort, muselée par une réalité trop étroite, insignifiante.

» Alors levons-nous, citoyens! Brisons ce joug, camarades! Faisons rayonner la splendeur de notre Cité natale par-delà les horizons!

Et les clameurs fusaient, et le Robuste Orateur, un ton au-dessus, poursuivait :

— Citoyens, camarades, ne savez-vous pas qu'au-delà de nos frontières, au-delà de ce berceau de civilisation et d'ordre qu'est notre pays, les Barbares se massent, veillent, pillent ? Ils nous envient, ils nous épient, ils convoitent notre Cité. Comment pourrions-nous en douter ? Ils sont décidés, c'est certain, à ruiner nos demeures, à massacrer les hommes, à réduire en esclavage nos femmes et nos enfants ! Déjà sont-ils peut-être à se glisser chez nous !

» Levons-nous, il n'est que temps ! Unissons-nous, défendons, fortifions la Cité !

» Tout d'abord, afin de ne pas être surpris, devançons-les : attaquons dès maintenant, occupons leurs territoires ; en vrais libérateurs, mettons-les en mesure d'apprendre notre loi, d'en goûter, d'en connaître !

» Citoyens, camarades, par la conquête des Barbaries, nous aurons accompli notre devoir, ainsi qu'un triple dessein : nous aurons écarté le danger imminent, nous aurons montré au monde la véritable grandeur de notre Cité, et l'aurons elle-même éveillée à sa vocation civilisatrice, qui sera désormais son exaltante mission !

Si elles suscitèrent l'adhésion juvénile, ces paroles ne furent pas pour réjouir l'Homme de Minuit. Une fois encore la Très-Belle Aurore allait mourir dans l'enfantement d'un jour monstrueux, et un soleil sanglant, une brûlure boursouflée, pointerait bientôt à l'horizon. Son visiteur avait dit vrai. Pis encore : lorsqu'il voulut prendre la parole, le Voyageur découvrit que son discours n'intéressait plus grand monde... Au début, certes, les habitants avaient écouté le sinistre coq de mauvais augure, l'annonciateur du Dragon, le

Robuste Orateur sans trop lui accorder d'attention. Mais à présent, c'était le Voyageur qu'on oubliait. Ses histoires n'amusaient pas...

Et toujours plus nombreux, les groupes de jeunes, muscles assoiffés d'action, qui se réunissaient autour du Robuste Orateur, buvant ses phrases, savourant ses éclats, applaudissant et hurlant d'enthousiasme!

Chaque jour la vague enflait, l'auditoire s'élargissait, et déjà se pressaient aux premières loges des disciples nombreux et résolus.

L'Organisation des Jeunes Intrépides était née, qui marcha au pas cadencé, rangs serrés dans les rues, chantant un air martial, toujours le même, à la gloire, à l'héroïsme, au Grand Guide Infaillible - car tel était désormais le titre réservé à l'homme trapu, au coq, au Robuste Orateur de l'Immonde.

Et les adultes à leur tour de massivement se laisser gagner par la contagion bottée, emportés par le tourbillon des jugulaires, ceinturons, casques et fronts bas, mâchoires carrées − images de la force, délires de brutes, phantasmes de conquête − et de reprendre en chœur les refrains imbéciles érigés en credo.

Un jour enfin, dans un ordre impeccable, l'armée des Jeunes Intrépides défila une dernière fois dans la Cité au milieu de la population et, toutes lances dehors, guidée par le Grand Infaillible, s'élança vers les arides Barbaries.

Le Chef avait disparu, mais le Voyageur n'était pas dupe. Cette ruse, il la connaissait déjà...

Un silence lugubre, après ce départ, envahit la foule, et tout se mit à changer au sein de la Cité...

L'élan vers les conquêtes avait déréglé la vie. Quelque chose manquait, désormais.

Des événements étranges survinrent. Une angoisse inexplicable serrait les cœurs, nouait les ventres, bloquait les gorges.

L'incertitude, la peur firent leur apparition. L'avenir n'était plus merveille, mais lourd d'on ne savait quoi.

Une tristesse ineffable, qui faisait corps avec l'air, imposa ses douteux remèdes. Des devins se montrèrent. Des oracles furent prononcés.

Exorcismes de peu, toutes ces prophéties puisant dans le malaise général contribuaient à l'aggraver.

La fin du monde était annoncée.

Un désastre sans précédent devait engloutir la Cité dans les abîmes du néant...

De fait, les mages de dernière minute avaient vu juste :

La catastrophe survint.

Sans laisser trace, la belle et vivante Cité disparut.

Nombre de contes et légendes évoquant cette tragédie subsistent encore, mais fragmentaires, contradictoires, voilés.

Peu d'habitants de la Cité, il est vrai, avaient survécu.

Ceux qui échappèrent ainsi au sort commun avaient subi un tel ravage au fond d'eux-mêmes, un tel choc de l'âme, que leurs témoignages confinaient au délire.

L'imagination et l'oubli eurent la part belle pour forger ce tableau de la fin, mêlée confuse et fin de partie.

Quant à l'Homme de Minuit, il avait quitté les lieux juste avant le moment fatidique. Fidèle à lui-même, il était retourné au silence du désert.

D'un étranger qu'il y croisa, nous tenons ce récit

qu'il lui fit des temps derniers, lequel semble hélas digne de foi :

Les brefs instants de vie de la Cité de l'Aurore s'achevèrent en spirale vertigineuse.

La clarté d'un jour nouveau jaillit au grand arc de l'horizon.

Une brume de suie épaisse vint souiller l'horizon.

Quand le soleil perça, il prit formes extravagantes.

Cœurs garrottés par la grande angoisse, les habitants de la Cité y virent des apparitions.

Un inconcevable effroi montait du ciel.

Quelques-uns, éperdus, racontèrent :

– Le soleil de ce matin inoubliable? Un trou dans le ciel noir, comme bouche de four à vomir l'enfer!

D'autres :

– Le soleil qui apparut à cet horizon ankylosé de brume ressemblait à un serpent de forme inhabituelle, gigantesque, enroulé sur lui-même. Des yeux injectés de sang lui sortaient des orbites et des flammes jaillissaient de ses naseaux. Insoutenable forge que sa respiration!

D'autres encore :

– La chaleur de ce soleil à peine levé était plus intense qu'à midi au désert! La livrée sanglante de cette aurore indescriptible correspondait aux rougeoiements d'un couchant grandiose au milieu de la suie.

Moi seul, Voyageur de Minuit, je n'avais rien à dire.

Tous ces gens étaient en manque.

En manque d'Ordre, de Jugulaire au menton, de Pas cadencé!

Seul l'extraordinaire leur convenait encore – mais ils n'étaient pas familiers de l'angoisse...

Ni armés contre elle, ni évidemment capables d'y puiser ressource, ils ne surent en reconnaître les signes, les visions, les actes.

Ils ne pensèrent pas.

Ils se jetèrent au-devant de la panique.

Ils se précipitèrent dans le rêve d'un Sauveur.

Ils étaient mûrs pour se vautrer dans la soumission.

Ce qui devait arriver arriva, ou plutôt :
celui qui devait arriver
revint.

Dans ce petit jour de fournaise et de ramonage, un vent de feu balayait la plaine, charriant de lourds nuages noirs à travers tout le ciel. Il tomba soudain, laissant place, après les sifflements, aux crépitements des pierres qu'attaquait ce soleil dément.

On n'eut guère à savourer l'accalmie.

Une rumeur courut.

En masse, on se porta aux lisières de la Ville.

Au loin, le Cavalier Noir était apparu...

Vêtu de noir, monté sur un gigantesque cheval noir de poil, harnaché de nuit, l'homme portait lance, épée, casque d'acier à emblème de Dragon. Des yeux comme deux coupes de sang, et des flammes au visage, et la torsion de la haine. Il vint, l'étrange Cavalier :

Il revint.

On le reconnut enfin.

C'était bien lui : le Robuste Orateur, le Grand Guide Infaillible, de retour des lointaines Barbaries.

En ce jour fatidique, il revenait. Ce n'était pas un prophète : on l'accueillerait chez lui. On le choierait, on le saluerait, on le garderait précieusement.

Déjà certains voyaient bénédiction et faveurs spéciales du ciel en ce retour : pensez donc, disaient-ils, juste au moment où le sort nous échappait, nous était insupportable menace! Et il est là, il est là! le Grand Homme!

De jeunes partisans nostalgiques lui firent ovation.

Avec respect, déférence et servilité, ils l'aidèrent à descendre de sa monstrueuse monture, le hissèrent sur leurs épaules au milieu des acclamations. Un enthousiasme fébrile régna.

On porta le Guide Infaillible jusqu'au centre de la Ville, au milieu des vivats.

La plus folle liesse répondit à son discours, où se lisait un programme sans équivoque : Ordre, Labeur et Discipline...

Plus personne ne prêtait attention à la qualité de l'atmosphère.

On s'habitua au soleil sanglant du Chef.

On lui érigea des palais somptueux.

On accepta d'avance ses conditions.

Il leur accorda son pouvoir absolu.

Maintes fois, il parla de ses campagnes triomphales, de ses actions héroïques.

Parfois, dans le récit de ses bravoures, il glissait allusion aux Jeunes Intrépides qu'il avait conduits à la bataille :

tous, sans exception, avaient été nommés par lui Gouverneurs des régions conquises.

Le monde leur appartenait.

Ainsi, concluait-il, la terre enfin civilisée, lui, le Grand Conquérant, une fois mission accomplie, s'en était retourné à la Cité natale...

En vérité, ils étaient morts.

En vérité, il avait fui.

Mais ceux qui eurent de telles pensées ne les eurent pas longtemps. Ils disparurent.

Ceux qui avaient souvenir de jadis, qui gardaient respect de l'ancienne harmonie, furent déclarés fous.

Les uns, tenus pour guérissables, furent traités, soignés.

D'autres, incurables, de loin les plus nombreux, incapables d'oublier la vie de l'œil du cœur, furent confiés à l'isolement définitif, aux cachots et souterrains.

On réinventa les Oubliettes.

Le Grand Conquérant débaptisa la Cité de la Lumière Naissante, qui devint la Ville du Soleil Couchant. Ce changement de crépuscule constituait, affirmait-il, l'emblème de sa révolution.

L'ordre régna dans la discipline : corps voilés, mains laborieuses.

Les enfants n'avaient qu'un seul père et maître : le Grand Guide Bien-Aimé était dans tous les yeux.

On construisit temples et palais, tandis que murailles et fossés ceignaient la Forteresse du Soleil Couchant.

Je me souvins, en ces temps-là, des paroles du Vénérable aux cheveux de neige qui m'avait dit :

– Ô Ami Voyageur, tu es le pont qui relie la demeure de ceux qui n'y sont plus à ceux qui n'y sont pas encore. Le chemin qui sort de la nuit et se dirige vers l'aube passe par toi.

» Élargis ta poitrine, enfonce fermement tes piliers dans le sol, élève haut tes arcades,

» que les flots déchaînés du torrent dévastateur, le Temps, ne puissent te renverser ni t'ébranler,

» que l'immense cohorte des révoltés à venir puisse s'appuyer sur toi par-dessus les abîmes, sans risquer ni craindre que le pont s'écroule sous leurs pas.

Et voici que ces paroles, proférées par le Vénérable, s'étaient réalisées.

Au Crépuscule de la Cité, j'étais en effet devenu ce Pont immense, aux piliers solides, dont les arcades étiraient leurs ombres froides sur les reliefs de l'étendue indélivrée.

Mais ce Pont ne trouvait rien à relier. Nulle voie n'aboutissait là : qui, jamais, le traverserait?

Nulle rivière ne murmurait sous mes ogives. L'ancien fleuve avait disparu. Les eaux grondaient dans un lit plus profond, creusant leur cours sous la terre et l'oubli.

CHANT FINAL DU SOIR

... La nuit géante approchait. Les vivants épuisés de labeur s'en retournaient dans leurs foyers lorsque moi, Voyageur de Minuit, que plus personne depuis longtemps ne daignait écouter, je m'adressai à eux sur la place centrale de la Ville :

Ô habitants de la Cité des Ténèbres Naissantes !
Je vous avais conjurés de ne pas attendre passivement le lever d'un soleil étrange... d'un soleil non humain.
Pour assister à l'apparition d'une telle source infernale, point n'était besoin de contempler les confins du désert et du ciel : il suffisait de tourner le regard vers l'horizon obscur de vos propres âmes !
Je vous avais exhortés à ne pas succomber au faux besoin d'un chef, qui n'est que signe de peur et lâcheté,
à surtout éviter de prendre guide chez les aveugles,
à ne jamais sortir sans conscience de vous-mêmes,
à mener lutte à l'intérieur, au cœur
de la Cité : là et nulle part ailleurs le Monstre de toujours dresse champ de bataille !
Je vous avais dévoilé que les êtres et le Dragon ne

redoutent qu'une seule poussée, un unique déborde-
ment :

la Folie souveraine, qui aimante la Liberté !

et que la force du Monstre s'alimentait de ce recul
des hommes face à l'Émancipatrice,

bref, que dans la victoire sur la peur résidait le secret
de la fin du Dragon.

Pourquoi avoir fermé vos cœurs à la souveraine
Folie ?

Pourquoi avoir fermé les yeux à l'Amoureuse des
humiliés, à la libre et généreuse Flamme de la pureté
en révolte ?

Pourquoi avoir exilé de sa Cité natale la Résidente
originelle ?

Pourquoi, sous la férule d'un Tyran, avoir verrouillé
la contrée de l'Ame ?

Je vous avais prédit une longue journée, et que votre
belle Aurore était enceinte de malheur, et que le
Monstre dévorant allait naître chez vous et s'offrir à
servilité, adoration et mensonge esclave !

Ô habitants de la Cité des Ombres Grimaçantes !

Désormais le Monstre est vie et votre belle Aurore
est morte de douleur !

Toutes griffes lentement et sûrement enfoncées dans
vos cœurs, il est venu, le Dragon, il vous tient, le Chef
Illimité !

Si, demain, la terre s'ouvre,

si, demain, une gueule béante à jamais vous avale,

sachez en disparaissant que cette abomination est
d'un serpent couvé en votre sein, élevé par vos soins,
instruit de vos candeurs !

Si, demain, l'ouragan sans merci vous déracine et

vous emporte avec votre Cité jusqu'aux ténèbres les plus âpres,

soyez sûrs en disparaissant que ce cataclysme aura pris germe au fond des zones les plus incultes de vos existences!

Ô habitants de la Cité de la Nuit Définitive!
Désormais règne la longue nuit.
Quel jour nouveau viendrait y mettre fin?
Une demeure glacée, sans nom, attend...

... Et moi, l'étranger qu'il croisa au désert, je retins mon souffle.

Comme il se taisait, frémissant d'impatience je lui demandai la suite, et ce qui précéda immédiatement le désastre final, l'engloutissement de la Ville.

Il me parla enfin, le Voyageur; s'il s'était tu, c'est qu'après son ultime Adresse aux habitants de l'ancienne Cité souriante de l'Aurore, devenue Cité du Crépuscule, il avait choisi le silence.

Alentour, personne n'était plus là, nul n'avait à l'entendre.

Il était seul, sur la place centrale...

Un mutisme anéantissant écrasait la Ville, allumé par bouffées de hurlements brusques, sinistres.

Le vent d'automne, l'inéluctable vent de l'angoisse sans frein, aplatissait les âmes comme buissons d'épines en chassant devant lui des tourbillons de poussière au long des ruelles désertes.

L'Homme de Minuit s'éloigna.

Son heure approchait.

Il se retira en un lieu reculé, aux lisières des faubourgs, dans les décombres d'anciennes bâtisses désaffectées par le culte des temps.

Parmi les ruines il attendit que vienne son heure, avec l'heure même de la Ruine...

Quelques instants avant minuit, surgie de l'ombre, absolument belle, infiniment gracieuse, apparut une femme.

Légère, annulant brises et bourrasques, elle se dirigeait vers la Cité.

Sa beauté rendait l'espoir caduc.

Sa grâce nouait le cœur.

C'était elle, enfin.

Elle, Souveraine du Royaume des Ombres.

Elle, par qui l'heure fatidique allait trouver passage.

Elle, qu'attendait le Voyageur.

Elle s'arrêta face à la grand-porte.

A minuit, elle souleva dans ses mains le lourd, l'énorme marteau à tête de bélier, et frappa par trois fois.

Coups sourds, grondements sombres, qui firent trembler les fondations dans les profondeurs de leurs profondeurs,

et que nul, hormis le Voyageur, n'eut le cœur d'entendre.

Au troisième coup encore vibrant dans les décombres, il se leva, et s'en alla d'un pas exact accueillir la Reine de la Nuit. Il lui ouvrit les grands battants. Ils se regardèrent longuement, en silence.

L'aile d'un sourire de connivence mystérieuse passa sur le visage de la Visiteuse, puis elle entra dans la Cité.

Par la même porte ouverte à l'éternelle Passante, il quitta la Ville. L'immensité nocturne aimantait sa vision.

Elle le porta vers l'Inconnu.

TABLE

CYCLE II

Le Retour du Monstre

TABLE   203

Cet ouvrage
réalisé pour le compte des Éditions Phébus
a été composé et achevé d'imprimer
par l'Imprimerie Floch à Mayenne
le 2 février 1989
(27586)

Dépôt légal : février 1989
I.S.B.N. 2-85940-123-7
I.S.S.N. 0244-3112